中国散文 60 强

长相依

张抗抗 / 著

北京联合出版公司
Beijing United Publishing Co.,Ltd.

图书在版编目（CIP）数据

长相依 / 张抗抗著. -- 北京 ：北京联合出版公司,
2024. 8. --（中国散文60强）. -- ISBN 978-7-5596
-7805-8

Ⅰ. I267

中国国家版本馆CIP数据核字第2024ZN5337号

长相依

作　　者：张抗抗
出 品 人：赵红仕
出版监制：张晓冬
责任编辑：张　萌
特约编辑：和庚方　张　颖
封面设计：立丰天

北京联合出版公司出版
（北京市西城区德外大街83号楼9层　100088）
三河市同力彩印有限公司印刷　新华书店经销
字数150千字　650毫米×920毫米　1/16　14印张
2024年8月第1版　2024年8月第1次印刷
ISBN 978-7-5596-7805-8
定价：65.00元

"中国散文60强"丛书

编委会

中华散文的文脉与发展

——"中国散文 60 强"总序

邱华栋

中国是诗的国度，亦是散文的国度。

穿越千年时空，从明清至唐宋，再由魏晋南北朝至两汉先秦一路回溯，汉语言文学中的散文实乃根深叶茂，硕果累累。无论是"唐宋八大家"之雄文美文，还是骈俪多姿的辞赋，以及名垂史册的《史记》《左传》，均为中国文学史上的璀璨明珠。"散文"与"诗"一道，成为中国文学的"嫡系"。尽管，后来从西方引进嫁接技术所催生的"小说"，大有"喧宾夺主"之势，终究还得"认祖归宗"，血脉和基因是无法改变的。

在中国散文流变历程中，曾出现过两次鼎盛期。一次是被文学史家所公认的"先秦散文"时期。其时，伴随着春秋时期的思想解放，诸子蜂起，百家争鸣，一大批散文家以饱满的气血、驳杂的学识和破茧的精神，创造出了散文的繁荣和辉煌局面，对后世产生了极大的影响。

到了"五四"时期，中国散文迎来了第二次鼎盛期。白话文如劲风激浪，吹刮和涤荡着神州大地。沉睡的雄狮醒来了，偃卧的小草开始歌唱。许多学贯中西的进步文人，肩扛文化变革的大纛，冲锋陷阵，掀起了一波又一波的新文学浪潮。《新青年》上刊载的散文，犹如一束束亮光，不但给人以希望，还给人以力量。"五四"以来的散文作品，无论是观念和主题，还是形式和风格，都跟以往的散文迥然不同。最具代表性的，当属鲁迅先生的散文（包括杂文），其刚健、凌厉的文质，疗救了中国散文长久以来颓靡不振、钙质疏流的顽疾。此外，周作人、郁达夫、朱自清、萧红、沈从文等一大批作家的散文创作亦各具特色，呈一时之盛，影响深远。

时代的前行催生了文学的发展，然而文学与时代有时并不同步甚至充满了"张力场"。"五四"的个性解放虽然催生了一批个性鲜明的散文精品，但这样的生态并未持续多久，中国散文的波峰出现了向低谷滑行的趋势。有论者指出，"散文在50年代既是对解放区散文文体意识的放大，又是对五四散文文体精神的进一步偏离。这种放大和偏离表现在个体性情的抒发让位于时代共性或者时代精神的谱写，政治标准优先于艺术标准，批判性为歌颂性所取代等诸方面。"（董健、丁帆、王彬彬《中国当代文学史新稿》）1960年代初，散文创作一度出现了活跃，"专业"从事散文创作的作家群凸显出来，刘白羽、杨朔、秦牧相继登场，迅速成为散文界的三位名家。但他们的作品后人评价褒贬不一，认为其中颂歌式的写法较为单向，这种模式化的写作，不但对散文的建设毫无益处，反而扼杀了散文的个性和神采。

"文革"十年，中国散文更是一片凋零和荒芜，乏善可陈。1970年代末，一些历经浩劫的作家开始复血，解除思想枷锁，重新拿起笔来写作，中国散文才又凤凰涅槃，焕发生机。加之各种文学刊物纷纷复刊和创刊，以及大量西方文化读物的译介出版，更为这些饥渴、桎梏太久的散文作者提供了登台亮相的舞台和瞭望世界的窗口。

1980年代初期，伴随改革开放的热潮，思想解放大旗招展，文化随之繁荣，诸多承续"五四"精神的作家以笔为旗，抒发胸中压抑既久之块垒，出现了一批抒情性质浓郁的散文，使得现代散文这块"百花园"芳菲争艳，蔚为大观。特别是1980年代中期，随着作家主体意识的不断强化，中国文学开始呈现出一个崭新局面，作家从"集体意识"中抽身而出，重新返回"个体"，注重对生活的体察和内在情感的表达。这一时期，散文的艺术性得以强化，文本的精神内涵和表现空间得以拓展。

进入 1990 年代，社会发展日新月异，城镇化进程锐不可当，文化领域亦呈多元格局。各种文学思潮相互碰撞，人文精神的讨论更是打开了作家们的创作思路。"大散文"概念的提出，引发了散文界对散文的内涵和外延的重新讨论和界定。风靡一时的"文化散文"热，成为文坛上一道靓丽的风景。"新散文""原散文""后散文""在场散文"等散文流派"你方唱罢我登场"，争奇斗艳，各领风骚。

及至二十世纪末，一批深具先锋意识和文体自觉的新锐作家，像一头公牛闯入瓷器店，使散文天地发生了激烈的碰撞和变化，形成一股新的散文潮流，提升了散文的审美品质和精神向度。

纵观 1978 年至 2023 年四十多年来，中华大地在"改开"的黄金时代中，社会生活奔涌激荡，各种思潮风起云涌，散文创作更是云蒸霞蔚、气象万千，涌现了众多成就斐然、风格各异的散文作家和具有思想深度、艺术上乘的散文作品。岁月的流水冲走了枯枝败叶和闲花野草，中流砥柱却巍然屹立。时间留住了新时代的散文经典，经典在时间的长河中绽放光芒。以沙里淘金的经典散文向"改开"的时代致敬，是我们不可推卸的责任和义务。

别看散文的门槛貌似很低，要真正写好，却实属不易。优质散文是有难度的写作，它不但需要作者的智识、胸襟、眼界、修养和气度格局；更需要写作者的态度、立场、慈悲、良知和批判勇气。遗憾的是，散文创作繁荣和光鲜的另一面，却是大量平庸甚至低劣之作的泛滥，不但败坏了读者的胃口，而且造成了物质和精神的极大浪费。散文作家层出不穷，散文作品汗牛充栋，可真正能让人记住的散文佳构却凤毛麟角。

散文要发展，文学要前行。发展和前行就要从平庸的樊篱中突围。在突围的过程中，散文作家不可太"聪明"，不可太世故，要永存对文学的敬畏之心。一言以蔽之，散文的尊严来自散文作家的尊严。也可以说，要想散文繁荣，首先需要有一批人格健全，品德高尚，铁肩担道义的散文作家。什么样的人写什么样的文章。特别是写散文，最容易看出一个作家的内在品质和境界涵养。一个人格不健全的人，哪怕他作文的技法再高妙，也很难写出撼人心魄、抚慰灵魂的散文来。作家精神品质的高低，直接决定其作品的精神向度。

为了散文写作的突围和发展，为了建设独具特质的当代散文，也是为了更好地从经典散文中汲取营养，我认为有必要正视和重申一些常识性的思考。高头讲章的理论是灰色的，常识之树却蓊葳常青。

一、作家的个体精神决定散文的优劣。常言道，散文易学而难攻。难在什么地方，不是难在技巧，而是难在作家个体精神的淬炼上。倘若作家的个体精神不够丰富，不够深刻，不够清澈，纵使他手里握着一支生花妙笔，也写不出令人称赞的散文。那么，如何才能做到个体精神的丰富性呢，这就要求作家时时刻刻不背离生活，要知人情冷暖，体察人间百态，关心民瘼，有忧患意识，不要做生存的旁观者。一个冷漠甚至冷酷的人，是不适合从事散文创作的。

二、真诚是确保散文品质的基石。散文创作跟作家的生存经验息息相关，可以说，真正优质的散文，无不牵连着作家的血肉和心性。作家的喜怒哀乐，悲欢离合，都或隐或显地暗含在他的作品中。假如在一篇散文作品中，读者既看不到作者的体温，又看不到作者的态度，那这篇作品或许就是失败的。说明这个作者在他的作品中"说谎"或"造假"，缺乏真诚之心。作家一旦失去真诚，为文必定矫揉造作，作品也必定会失去生命力。因此，真诚是散文的"生命线"，也是"底线"。

三、个性是促进散文生长的养料。人无个性便无趣，文无个性便平质。当下，每年都会诞生数以万计的散文篇章，但能够让人记住，且读后还想读的作品并不多，何故？概在于这些数量庞大的散文，无论题材，还是语感都千篇一律，像是从"模具"中生产出来的，缺乏辨识度。散文要发展，必须要求作家具有"个性意识"。"个性意识"不是标新立异，更不是哗众取宠，而是一种"创新意识"和"审美意识"。但凡在散文创作方面被公认的那些大家，都是"文体家"，他们以自觉的写作实践，开创了散文写作的新路径。不合流俗方能独步致远，推动散文的建设和繁荣。

当然，以上几点并非创作散文的圭臬，谁也没有资格去为散文"立法"。

散文是自由的创造，散文精神即自由精神。我之所以提出来，仅仅是希望引起散文同行们的重视和参考，共同为中国当代散文的发展尽力增光。

我们策划、编选"中国散文60强"（1978—2023）的初衷，旨在对新时期以来的中国散文创作作出梳理、评价和选择，试图精选出风格各异的代表性散文作家，以每位一部单行本的形式，呈现出中国新时期优质散文的大体样貌。此项目的发起人为资深出版人张明先生。多年来，他一直追求做高品位的纯文学书籍，也曾连续多年与中国散文学会、中国小说学会合作，出版年度《中国散文排行榜》和年度《中国小说排行榜》。2023年他策划出版了《中国小说100强》，反响不俗。身处喧嚣、纷杂的环境，能以如此情怀和心力来为文学做如此浩大的工程，不能不令人钦佩！

感谢张明先生邀请我和叶梅、冯秋子、陆春祥、吴佳骏、张英、文欢组成编委会，共同遴选出60位作家。我们在召开筹备会的时候，即将作品的思想性、艺术性、代表性以及影响力作为编选的基本原则。在确定入选作家名单时，我们认真商讨，反复研究，生怕因为各自的眼力、审美和趣味之别，造成遗珠之憾。好在我们的工作得到了作家们的积极回应和鼎力支持，惠风和畅，大地丰饶。

60位入选的作家，既有令人尊敬的文学大家，如孙犁、张中行、汪曾祺、史铁生、邵燕祥、流沙河、刘烨园、宗璞、贾平凹、韩少功、张炜、梁晓声、阿来、冯骥才等。这批散文大家的作品，文风质朴、清朗、刚健，充满了"智性"和"诗性"。无论他们是写怀人之作，还是针砭时弊，歌咏风物，都有着鲜明的文化立场和审美取向。他们或出入历史，借古观今；或提炼人生，洞明世事，输送给读者的都是难能可贵的"精神营养"。

也有被散文界公认的名家，如李敬泽、王充闾、马丽华、周涛、冯秋子、叶梅、筱敏、张锐锋、周晓枫、于坚、鲍尔吉·原野等。这些作家的散文作品，特色鲜明，风格独特，诚挚内敛，从内容到形式，都作出了各自的探索和尝试，为当代散文注入了活力。从他们的作品中，我们不但能够领略汉语之美，更可以借此反观生活与存在，寻找人之为人的价值和尊严。

还有散文界的中坚力量和青年才俊，如彭程、谢宗玉、江子、雷平阳、任林举、塞壬、沈念、傅菲、吴佳骏、周华诚等。从他们的作品中，我们见到的，不只是中国散文的文脉传承，更是自由精神的张扬。他们文心雅正，笔力锋锐，不跟风，不盲从，始终保持着独立的思索和判断，在各自所开辟的散文园地中精耕细作，以崭新的姿态参与和推动当代散文的变革。

其实，细心的读者不难发现，入选本丛书的老、中、青三代作家都有个共性，即他们均在以自己的作品审视心灵，心系苍生，弘扬真善美，鞭挞假恶丑，充满了正义感和人道主义精神。这自然与时下众多书写风花雪月，一己悲欢，充塞小情趣、小可爱的散文区别开来。正是因为有他们的存在，中国当代散文才呈现出一幅绚丽多姿的长卷。

需要说明的是，有些重要的散文家，如张承志、余秋雨、王小波、苇岸、刘亮程、李娟等人，由于版权或其他不可抗原因，未能将他们的作品收录进来，我们深以为憾。

我们还要感谢北京立丰天文化传播有限公司的资金支持，感谢北京联合出版公司的精心编校，他们慷慨和无私的义举，对于繁荣中国当代散文创作、对于赓续中华优秀散文文脉、对于中国新时期的文化积累，均具重大价值和意义，可谓善莫大焉。这套丛书的出版意义将同《中国小说100强》一样，旨在给读者以经典的指引，这既是一项重要的原创文学工程，同时也是助力推动全民阅读和研究传播文化的公益工程。

郁郁乎文哉，中国散文有幸！

是为序。

2024 年 5 月 12 日星期日

（作者为全国政协常委，中国作协副主席、书记处书记）

目　录
Contents

花名册

绿家族

咏生灵

花名册

荷

　　16 岁以前，每一年寒暑假，我都会跟妈妈坐小火轮，沿大运河入小港，到杭嘉湖水乡的一个小镇——洛舍外婆家去。记得那是在暑假里，我刚刚上了小学，一个凉风习习的早晨，我跟着外婆，踩着田间的青石板上的露水，从镇上去砂村走亲戚。

　　太阳升高了，阳光有些刺眼。外婆让我把草帽稍稍侧过来戴，可以遮住热烘烘的阳光。炊烟在远远的村子上空环绕，青蛙在刚插上晚稻新秧的田畈里咕咕地叫，竹林婆娑、桑树青青，小河里浮在水上的菱叶间，开着一朵朵白色的小花……

　　我蹦跳着，唱着一支外婆听不懂的歌：

　　"……小鸟在前面带路，风呵吹着我们……"

　　我们走到一道大堤上来了。堤的一边是条河，装着稻谷的船，沉甸甸地从堤下摇过，发出吱扭吱扭的响声，在水面上荡起一个又一个圆圈；堤的另一边是一大片水塘，宽大而茂盛的荷叶覆盖了整个水面，从那绿色的"草地"上，傲然挺起一支支粉红色的鲜艳荷花，在晨风中摇头摆尾……

我站住了。从我一眼看见荷花的那一刻，鞋子变沉，双脚忽然就走不动了。我把手指咬在嘴里，盯着那些荷花出神。我想起一个童话里说，荷花的花蕊里，藏着一个荷花仙子。

我要！半天，眼巴巴迸出这几个字。

外婆走在我前面，听到身后的喊声，她停下来，回头问：你说什么？

我要——要采荷花！我用哀求的眼光望着外婆。

外婆赶紧摇头，说：荷花是农民伯伯种的，不是给人采来玩的哦。乖，快走吧！

我要采荷花。我重复说，执拗地站着不走，眼眶里含满了泪。她若再说一声，我脸上保证会像荷叶那样挂满水珠儿。

就要采！我突然勇敢地宣布，弯下身子就要冲下堤去——我自己去采！

外婆吓得扔了篮子，过来一把抓住我，连声说：不要命啦？你看这河堤那么陡，连站都站不牢……

我朝着大堤那一边张望，盼望能有一条船，来帮我采荷花。但是大堤那一边的船，怎么才能划到这一边的荷塘里来呢？我的眼睛骨碌骨碌转，脚下的鞋子像两只小船。

外婆的手牢牢抓住我不放，轻声哄着我说：

杭州西湖里不是有很多荷花嘛，你只管到那里去看好了……

我哭丧着脸说：西湖里的荷花，只许看不许采的。乡下的荷花，又没有人看……

外婆又说：这荷花不是看的，是吃的，荷花用来生藕，一朵荷花一支莲蓬，你采了荷花，就少了一支藕呢，你不是最喜欢吃糯米糖藕吗？

那我……那我以后少吃点好了，我嘟哝着：我不吃糖藕了，我要荷花……

……好好好……外婆叹了口气。明朝,明朝我叫阿年伯给你采几支,送到街上去。

算数?你说了算数?我望着水塘里那水灵灵的一池荷花,仍然不肯挪步。堤下靠岸边有一朵最大的,似乎一伸手就可以摘到。我抱着她,然后从花蕊里走出一个漂亮的荷花仙子,穿着粉红色或是雪白的蓬松纱裙。西湖边有那么多人看荷花,早已把她吓跑了呢。而在这儿,一个人也没有,她会留下来和我玩儿……

外婆半拖半拽地把我拉走了。我一路回头看堤下的荷花,把脖子都拧酸了。

在砂村吃过午饭,亲戚摇了一条小船,把我们送回镇上去。我央求外婆说我们去那个荷塘看荷花吧,我可以自己去采荷花。外婆不答应,说水路和陆路不是一条路。小船在灼热的阳光下划过绿莹莹的水面,一路上果然一片荷塘也没见到。我心里好失望,想哭,我觉得外婆肯定是在哄我,大人总是这样对付小孩子的要求。不会有荷花了,什么荷花也不会有。我转过脸不理睬外婆,小船在波浪上晃啊晃啊,后来我就睡着了,梦见了很多很多盛开的荷花……

第二天早晨刚一醒来,就闻见楼下传来米粥的香味。我跳下床穿好鞋子,自己走到楼下去。

眼前忽地一亮,我愣在那里,转而又蹦跳起来、欢叫起来:荷花!

客堂间的八仙桌上,摆着一只阔口的瓷瓶,里面插着一篷新鲜的、粉嫩的红荷花。全都是鼓鼓的粉红花苞,花苞外面裹着一层青绿色的薄皮。

荷花长长的绿茎,吸满了水分,就像一只只伸长脖子的彩色大鸟,在向我问好。

桌上有几张摊开的绿色荷叶,荷叶里包着几块热米糕,咬一口,满嘴是荷叶的清香。

我亲亲荷花的花苞，真想把它们抱在怀里。有一个粉红的花苞，微微裂开了一条缝，透着一股淡淡的花香。长长的荷花茎上，有细细的小刺，贴在脸上痒痒的。阿年伯一定是给我选了最大的荷花，但它们什么时候才能开花呢？

等到第二天早上下楼，见那些花苞变得蓬松，有几枝荷花已经抖开了裙衫，长圆形的大花瓣如同伸开的手掌，又像一把倒置的粉红色雨伞，露出里面淡黄色的花蕊，散发出一阵阵清香。我从来没有这么近地看过荷花，一眨眼一朵，再一眨眼又是一朵，满眼都是碗大的花朵。花瓣上有细细的弧形纹路，就像嵌在花朵里的筋骨……她们真美啊，清清爽爽、亭亭玉立，她们就是从水里来的仙女？

外婆笑眯眯地望着我说：人把荷花采下来，莲蓬就没有了……

我隐隐地懂得，外婆虽然满足了我这个小小的愿望，但她心里依然充满了对荷的怜惜。我有了荷花，但荷花心里的莲蓬，荷花的根也就是莲藕，都没有了。

幼年时，外婆顺了我的心意，差人为我采来水塘的新荷，我内心却从此有了小小的不安。18 岁那年，也许因为在这运河边的小镇上，有一个满足过我童年愿望的外婆——那时候我们已不敢有别的奢望。于是我去了杭嘉湖平原外婆家附近的陆家湾插队，在一个山清水秀的小村子。

我去时正是隆冬，农家破旧的小楼吱吱响的楼板上，摞着一堆深秋时节从泥塘里挖出来的藕，还有荸荠和芋头。藕节长长短短，裹着一层黑乎乎的干泥巴，像一堆柴火。但我知道它们可以一直保存到来年春天，是村民日常的菜蔬和食物。每逢村里有婚丧嫁娶，乡人招呼知青去家里吃点心，在藕节的孔眼里灌上糖拌的糯米，煮熟了切片，撒上点点金色的桂花，又香又糯。或是端上一碗热腾腾的莲子鸡蛋羹，放少许红糖，莲子酥烂，微微有些苦味。

乡人说，这么好的桂花糯米藕，你们城里人吃不到的。莲子虽苦，清凉去火，通气养人。

那时我已懂得了些许生活的艰难。以莲藕的代价换得观赏的美荷，是一件过于奢侈的事情。荷花里根本没有什么荷花仙子，荷花心里是莲子，莲心是苦的。

村子里有好几处丰茂的荷塘，我却再也没有去采过荷花。

又过了几个月，我离开水乡去了北大荒农场。荷花仙子的幻梦，从此消失在我的梦里。

1980 年

牡丹的拒绝

它被世人所期待、所仰慕、所赞誉，是由于它的美。

它美得秀韵多姿，美得雍容华贵，美得绚丽娇艳，美得惊世骇俗。它的美是早已被世人所确定、所公认了的。它的美不惧怕争议和挑战。

有多少人没有欣赏过牡丹呢？

却偏偏要坐上汽车火车飞机轮船，千里万里跋山涉水，天南海北不约而同，揣着焦渴与翘盼的心，滔滔黄河水一般涌进洛阳城。

欧阳修曾有诗云：洛阳地脉花最宜，牡丹尤为天下奇。

传说中的牡丹，是被武则天一怒之下逐出京城，贬去洛阳的。却不料洛阳的水土最适合牡丹的生长。于是洛阳人种牡丹蔚然成风，渐盛于唐，极盛于宋。每年阳历四月中旬春色融融的日子，街巷园林千株万株牡丹竞放，花团锦簇香云缭绕——好一座五彩缤纷的牡丹城。

所以看牡丹是一定要到洛阳去看的。没有看过洛阳的牡丹就不算看过牡丹。况且洛阳牡丹还有那么点儿来历，它因被贬而增值而名声大噪，是否因此勾起人的好奇也未可知。

这一年已是洛阳的第九届牡丹花会。这一年的春却来得迟迟。连日浓云阴雨，四月的洛阳城冷风飕飕。

街上挤满了从很远很远的地方赶来的看花人。看花人踩着年年应准的花期。

明明是柳枝滴翠，桃花嫣红、梨花带雨，海棠已落英纷纷——可洛阳人摇头说：牡丹呢？牡丹没开，不算不算。

那个又冷又静的洛阳，让你觉得有什么地方不对劲。你悄悄闭上眼睛不忍寻觅。你深呼吸掩藏好了最后的侥幸，姗姗步入王城公园。你相信牡丹生性喜欢热闹，你知道牡丹不像幽兰习惯寂寞，你甚至怀着自私的企图，愿牡丹接受这提前的参拜和瞻仰。

然而，枝繁叶茂的满园绿色，却仅有零零落落的几处浅红、几点粉白。一丛丛半人高的牡丹植株之上，昂然挺起千头万头硕大饱满的牡丹花苞，个个形同仙桃，却是朱唇紧闭，皓齿轻咬，薄薄的花瓣层层相裹，透出一副傲慢的冷色，绝无开花的意思。偌大的一个牡丹王国，竟然是一片黯淡萧瑟的灰绿……

一丝苍白的阳光伸出手竭力抚弄着它，它却木然呆立，无动于衷。

惊愕伴随着失望和疑虑——你不知道牡丹为什么要拒绝，拒绝本该属于它的荣誉和赞颂？

于是看花人说这个洛阳牡丹真是徒有虚名；于是洛阳人辩解说其实洛阳牡丹从未如今年这样失约，这个春实在太冷，寒流接着寒流怎么能怪牡丹？当年武则天皇帝令百花连夜速发以待她明朝游玩上苑，百花慑于皇威纷纷开放，唯独牡丹不从，宁可发配洛阳。如今怎么就能让牡丹轻易改了性子？

于是你面对绿色的牡丹园，只能竭尽你想象的空间。想象它在温煦的阳光下一团团火热的激情；想象它在春日的微风中一朵朵灿烂的笑容——牡丹开花时犹如解冻的大江，一夜间千朵万朵纵情怒放，排山倒海惊天动地。那般恣意那般宏伟，那般壮丽那般浩荡。它积蓄了整整一年的精气，都在这短短几天中轰轰烈烈地迸发出来。它不开则已，一开则倾其所有挥洒净尽，终要开得尽善尽美、倾国倾城。

你也许在梦中曾亲吻过那些赤橙黄绿青蓝紫的花瓣，而此刻你须在想象中创造姚黄、魏紫、豆绿、墨撒金、白雪塔、铜雀春、锦帐、芙蓉、烟绒紫、首案红、火炼金丹……想象花开时节洛阳城上空被牡丹映照的五彩祥云；想象微风夜露中颤动的牡丹花香；想象被花气濡染的树和房屋；想象洛阳城延续了一千多年的"花开花落二十日，一城之人皆若狂"之盛况。想象给予了你失望带来的纪念，给予你来年的安慰与希望。牡丹为自己营造了神秘与完美——恰恰在没有牡丹的日子里，你探访了窥视了牡丹的个性。

其实你在很久以前并不喜欢牡丹。因为它总被人作为富贵膜拜。后来你目睹了一次牡丹的落花，你相信所有的人都会为之感动：一阵清风徐来，娇艳鲜嫩的盛期牡丹忽然整朵整朵地坠落，铺散一地绚丽的花瓣。那花瓣落地时依然鲜艳夺目，如同一只奉上祭坛的大鸟脱落的羽毛，低吟着壮烈的悲歌离去。牡丹没有花谢花败之时，要么烁于枝头，要么归于泥土，它跨越委顿和衰老，止于青春而死亡，止于美丽而消遁。它虽美却不吝惜生命，即使告别也要留给人最后一次惊心动魄的记忆。

所以在这阴冷的四月里，奇迹不会发生。任凭游人因扫兴而抱怨，牡丹依然安之若素。它不苟且不俯就不妥协不媚俗，它遵循自己的花期自己的规律，它有权利为自己选择每年一度的盛大节日。它为什么不拒绝寒冷?!

天南海北的看花人，依然络绎不绝地涌入洛阳城。人们不会因牡丹的拒绝而拒绝它的美。如果它再被贬谪十次，也许会繁衍出十个洛阳牡丹城。

于是你遍寻不见牡丹的遗憾中倏然惊觉：富贵与高贵只是一字之差。同人一样，花儿也是有灵性、有品位之高低的。品位是为"气质"为"灵魂"，为"筋骨"，为"神韵"，只可意会不可言说。你叹服牡丹卓尔不群之姿，方知"品位"是多么容易被世人忽略或漠视的美。

1992 年

瞬息与永恒的舞蹈

那盆昙花养了整整六年，仍是一点动静没有。

我想我对它已是失去希望和耐心了。

时常想起六年前那个奇妙的夏夜，邻家那株高大壮硕的盆栽绿色植物，就像一位羞涩的新娘披上了圣洁的婚纱——从它宽大颀长的叶片上，同时开出了十几朵碗口大的白昙花，它们如同幽冥的高山绝顶上飘然降落的仙鹤，偶尔降落在凡尘之中。那个时刻，都市的喧嚣戛然而止，就连树上的知了都悄悄噤了声。

邻家的奶奶让我带上相机，给她和她的昙花合影。第二天一早，我得到了一个小小的花盆，里面栽着两片刚扦插上的昙花叶片，书签似的挺拔着。它是那盆昙花的孩子，刚做完新娘接着就做了母亲。

年复一年，它无声无息地蛰伏着，枝条一日日蓬勃，却始终连一丝开花的意思都没有。葫芦形的叶片极不规则地四处招摇扩张，长长短短地说不出个形状，占去好大一块空间。窗台上放不下了，怜它好歹是个生命，不忍丢弃，只好请到阳台上去，找一个遮光避风的角落安置了，只在给别的盆花浇水时，捎带着用剩水将它敷衍一下。心里早已断了盼它开花的念想，饥一餐饱一顿地，任其自生自灭。

六年后一个夏天的傍晚。后来觉得，那个傍晚确实有些邪门。除了浇花，平日我其实很少到阳台上去。可那天就好像有谁在阳台上一次次地叫我，那个奇怪的声音始终在我耳边回荡，弄得我心神不定。我从房间走到阳台，又从阳台走回房间，如此反复了三回。我第三次走上阳台时，顺手又去给四季桂浇水，然后弯下腰为四季桂掰下了几片黄叶。我这样做的时候，忽然有一团鹅黄色的绒球，从四季桂根部的墙角边钻出来，闪入了我的视线。我几乎被那个鸭蛋大小的绒球吓了一大跳——它像一个充满弹性的纺锤，贴地翘首，身后有根圆筒状的绿色长茎，连接着那盆昙花的叶片。绒球锥形的尖嘴急切地向外探伸，分明是亲吻的姿态……

那不是球，而一枝花苞——昙花的花苞，千真万确。

我愣愣地望着这位似乎由天而降的不速之客，不知道该拿它怎么办。后来我用尽全身力气，轻轻将花盆移出墙角，慌慌张张又小心翼翼地把它搬到了房间里。然后屏息静气、睁大眼睛纵览整株花树——是的，上上下下，它只有绝无仅有的这一个花蕾。也许因为只有一个，花苞显得硕大而饱满。

那个蹊跷的傍晚，这盆唯有一个花苞的昙花，由于它第一次来做客，没人知道它将在哪一天、哪个时辰开放。那蛇头似弯拱翘起的花苞，被窗口的一线斜阳罩上了一层诡秘的光晕。

我想这几天我就是不吃不睡，也要守着它开花的那个时刻。

昙花入室，大概是下午六点多钟。它被放在房间中央的茶几上，我每隔几分钟便望它一眼。每次看它，我都觉得那个花苞似乎正在一点点膨胀起来，原先绷紧的外层苞衣变得柔和而润泽，像一位初登舞台的少女，正在缓缓地抖开她的裙衫。昙花是真的要开了么？也许那只是一种期待和错觉，但我却又分明听见了从花苞深处传来的极轻微又极空灵的窸窣声，像一场盛会前柔曼的前奏曲，弥漫在黄昏的空气里……

天色一点点暗下来。那一枝鹅黄色的花苞渐渐变得蓬松鼓胀，露出苞衣上那层纯净的白色，雨后的浓云一般饱含水分。晚七点多钟的时候，它忽然微微抖动了一下，难以察觉的那种战栗，但是我感觉到了，我甚至觉得整盆花树都随之震动。就在它抖动的那个瞬间，闭合的花苞无声地裂开了一个圆形的缺口，散发出一股淡淡的清香。过了一会儿，悬着的花枝又抖动了一下，那个缺口又张大了一些，就像一个苏醒的婴儿，打着哈欠张开了柔软的小嘴。我目不转睛地盯着它看，眼睁睁看着它就要开口说话。一个多小时以后，那个花苞已经变成了一只白色的宽腹宝瓶，从瓶口持续地喷吐出一阵阵香气，香味略带些苦涩，有一种超凡脱俗的意味。香味越来越浓烈，四散开去，整个房间很快就被它奇异的香气笼罩了。

花苞渐渐变得更大也更圆了，变成了一只晶莹透明的玉盅。橄榄形的花苞背后，原先那些紧紧裹挟着花瓣的丝丝淡黄色的针状须茎，如同刺猬的毛发一根根耸立起来，然后慢慢向后仰去。在昙花整个开启的过程中，它们就像一把白色小伞的一根根精巧刚劲的伞骨，用尽了千百个日夜积蓄的气力，牵引着伞面，将那把小伞一点点地撑开来……

弯下腰好奇地从花苞的开口处朝里张望，窥见阔口玉盅里的一点小秘密：从昙花的"花洞"底部，伸出一簇蚕丝般光滑的花蕊，一直探到花瓣的边口，那些银丝一根根精巧细密，序列清清爽爽，略微朝上弯曲的顶端，缀满一层金黄色的颗粒绒球。银丝黄蕊，色调感觉很舒服。尤其令人称奇的是，从那簇银丝里，还伸出一支极细的白蔓，约有一指长，雄赳赳地坚挺着，顶端有一个白色的十字形"蝴蝶结"，柔美娇嫩。金银白三色，构成了白昙花蕊素洁雅致的基调。我被惊呆了——"此物只应天上有"，何苦何因落人间？

很久以后我才懂得昙花是雌蕊与雄蕊同体的自花授粉植物。它们躲在白色的透明纱帐里，呢喃低语，交颈而眠。

又半个钟点过去，此时，它终于完完全全绽开了，像一朵碗大的舌匙状白菊，又像一朵冰清玉洁的雪莲。靠近花心的花瓣较为宽厚，距花心越远便渐渐变得狭长。不，应该说它更像一位美妙绝伦的白衣少女，赤着脚从云中翩然而至。从音乐奏响的那一刻起，她便欣喜地抖开了素洁的衣裙，开始这一场舒缓而优雅的舞蹈。她知道这是自己一生中极其珍贵的一次亮相，也是这个夏季唯一的一次公开演出。自然之神给予她的时间实在太少，她的公演必须在严格的时限中一次完成，她没有机会失误，更不允许失败。于是她虽是初次登台，每一个动作却都娴熟完美。她像一只飞越了雪山的白天鹅，只是在人间稍事停留歇息。它定是经历了千年的苦修，才能拥有花中极品的基因。

她翘首扬脖、她伸展长臂、她伫立挺拔、她旋转跳跃……她的舞姿如此天真烂漫、轻盈灵动，夏夜的凉风吹起她白色的衣裙，她就要飞起来了，飘飘欲仙……

那时是晚上九点多钟，这一场触人心弦的舞蹈，已持续了将近三个小时。她一边舞着，一边将自己身体内多年存储的精华，慷慨地挥洒、耗散殆尽，由于生命之短促，使得她婀娜轻柔的舞姿带有一种动人心魄的凄美，就像是一位从容不迫地走向刑场的侠女。花瓣背后那一层金色的须毛，像华丽的流苏一般，从她白色的裙边四周纷纷垂落下来……那是她一生中最辉煌的时刻，但辉煌仅有一瞬，死亡即将接踵而至。她的辉煌亦即死亡，她是在死亡的阴影下到达辉煌的。那是一种壮烈而凄婉之美，触目惊心又怅然若失。"昙花一现"改变了时间惯常的节律——等待开花的焦虑，使得时间在那一刻变得无限漫长；目睹生命凋敝的无奈，时间又忽而变得如此短暂。唯其因为昙花没有果实，花落花谢，身后是无尽的寂寞与孤独。传说"昙花一现为韦陀"，因而它生来带有一种无望的决绝与安详，也因此与佛家有缘……

盛开的昙花就那么静静地悬在枝头，像一帧被定格的胶片。

但昙花的舞蹈并未就此结束。

那个奇妙的夏夜，白衣少女以她那骄傲而忧伤的姿态，默默等待着死亡的临近。在我见过的奇花异草之中，似乎没有一种鲜花，是以这样的方式告别的。那个瞬间，我比亲眼见到它开花的那一刻，更是惊讶得无言以对——

她忽然又颤动了一下，张开的手臂渐渐向心口合抱。她用修长的指尖梳理着金发般的须毛，又将白色的裙衫一片片收拢，一直到花瓣背后所有的须毛都整理妥帖，恢复成伞骨的形状，她才慢慢垂下白皙的脖颈……她平静而庄严地做完这全套动作，前后大约用了3个多小时——那是舞蹈的尾声中最后复位的表演。昙花的开放是舞蹈，闭合当然也是舞蹈。片片花瓣根根须毛，从张开到闭合，每一个动作都一丝不苟。她用舒缓的舞姿最后一次阐释艺术和生命的真谛。如果死亡不可抗拒，为什么不能让死亡变得美丽？如果死亡必不可免，为什么不能让死亡变得神圣？她定是为自己选择了安乐死那种没有痛苦的死亡方式，所以在最后的极限到来之前，她来得及为自己更衣梳洗，用端庄而整洁的仪态，微笑着迎接死亡。她由于珍惜生命而加倍地珍惜死亡，赋予永别以再生的意味。她不会像那些落英缤纷的花树，将花瓣的残骸凄凉地抛洒一地，她要在入殓前将自己的容颜复归原状，一如生前的娇媚和高贵……

世上也许唯有花期最短的昙花，具有此等视死如归的气度。

至夜半时分，昙花盛开时舒展的花瓣已完整地收拢，重新闭合成一枝橄榄形的花苞，犹如开屏后的孔雀，丝丝入扣地将锦缎似的羽毛一并收好。她只是略略显得有些疲倦，细长的花茎软软地低垂下来，在玻璃台板上衬出一个白色的影子，如同静静地浮游在湖面上的白天鹅倒影。那花苞的白色，比先前要浅淡些，它吐出的香味，也许已将它乳白色的浆汁吸尽。闭合后的花苞，更像一枚种子，将花魂留锁在了里头。而支撑着层层花瓣那伞骨似的一根根须毛，此刻却已奇迹般地空翻转身，180度大回环，把那个沉甸甸的花苞，重新牢牢地裹在了掌心。

那天夜里我一直陪伴着它，陪伴着昙花走完了从生到死，生命流逝的全部旅程。夜半时分，它看上去像睡着了，宁静而安详，没有凋败没有萎谢、没有痛苦没有哀愁。它是一个不死的灵魂，昨夜来的时候是什么样子，现在还是什么样子。很多天以后我拿到了那天晚上留下的摄影照片，它在开花前和开花后的模样，几乎没有什么不同。不生不灭，不开不谢——就好像这一个活生生的花苞，从来都没有开放过，或许很快就会再开一次。好像它始终含苞待放，始终无悔无怨，只等那个属于它的时辰一到，它睁眼就会醒来。

这个夏夜，"昙花一现"那个带有贬义的古老词语，正在一步步远去，变成一个遥远回声。这一夜，我又一次恍然大悟，先前的我们，实在是被汉语成语误导得太多了哦。

我明白那个傍晚的阳台，昙花为什么一次次固执地呼唤我了。它要让我看到它的舞蹈，我既是她的观众，也是唯一一位幸运的伴舞者。我见证了她的绚丽与灿烂、瞬息与永生。我听见她对我喃喃细语，生命的价值并不在于时间的长短。当它离去以后，我将用清水和阳光守候那绿色的舞台，等待它明年再度巡回。

如今，距白昙的第一次开花，已经过去了二十多年。我家的昙花已经"自我繁育"成了几大盆。昙花没有果实，不需要用种子进行繁衍，昙花把自己的生命信息，藏在每一片叶子里了，每一片叶子都可即地扦插，只需要一点点土壤、阳光和清水，它就能落地生根。每年从夏至秋，昙花们都会按时回来看望我们，一朵朵静静绽放，一次次纵情舞蹈。白昙每一次回来，都和第一年开花的那朵，长得一模一样，就像是那朵昙花的真身再现。所以，昙花的舞蹈，就有了永恒的意味。

1995 年

天山向日葵

"葵花朵朵向太阳"，是我们曾经唱得烂熟的一首颂歌。

向日葵朝着太阳旋转，是一种不容怀疑、不可更改的事实。或许，已成为一种被反复应用的理念，一个众所周知的定论。

如若不是去往遥远的西域，在巍峨的天山脚下，亲见那一片蓬勃兴盛的向日葵，你一生也许都会对这个命题深信不疑。

然而，当雪山顶上的云雾消散的那个瞬间，冰川露出它本真的面目，你惊讶你震撼你欣喜你失落，你突然发现了那个几十年未解的秘密，于是你瞠目结舌、回肠荡气，更有一声声无情的发问，如箭如雹往心底袭来。

那是一个阳光明艳的上午，高耸的天山银白色的雪峰已近在咫尺，忽而，公路左侧那一大片金灿灿的向日葵，从你的车窗前急速掠过，像是热带阳光下翻腾起伏的金色海浪。它们排成一行行整齐的队列，好似正在接受检阅的士兵，硕大的头颅上，佩戴着一顶顶镶着金边的宽沿草帽，急切地扬着脸盘，庄严地迎仰着东方，欢喜地接受着热烈的阳光久久的爱抚。

起初，你并没有特别在意它。车正向南行驶，阳光来自东方，因此，那一大片盛开的向日葵，面孔恰好背对着你，你能看见这一大片整齐的向日葵地密如苗圃的青色枝干，油绿而肥厚的叶片，以及正朝着阳光呼喊的橙黄色花盘。那金箔似的花瓣背后涂抹着阳光的阴影，在风中微微战栗。

你惊叹，还从来没有见过这么大面积种植的向日葵，真壮观啊。

你说，可惜我们在它身后，看不见它们的全貌。

你暗暗想，等着下午归来时，太阳在西边，就可以见到正对着阳光的向日葵了。那该是何等绚丽何等气势磅礴啊！

从天山下来，已是傍晚时分，阳光依然炽烈，亮得晃眼。从很远的地方就望见了那一大片向日葵海洋，像是天边扑腾着一群金色羽毛的大鸟。

车渐渐驶近，你喜欢你兴奋，大家都想起了梵高，朋友说停车照相吧，这么美丽这么灿烂的向日葵，我们也该作一回向阳花儿了。

秘密就是在那一刻被突然揭开的。

太阳西下，阳光已在公路的西侧停留了整整一个下午，它给了那一大片向日葵足够的时间改换方向，如果向日葵确实有围着太阳旋转的习性，应该是完全来得及付诸行动的。

然而，那一大片向日葵花，却依然无动于衷，纹丝不动，固执地颔首朝东，只将一圈圈绿色的蒂盘对着西斜的太阳。它的姿势同上午相比，没有一丝一毫的改变，它甚至没有一丁点儿想要跟着阳光旋转的那种意思，一株株粗壮的葵杆笔挺地伫立着，用那个沉甸甸的花盘后脑勺，拒绝了阳光的亲吻。

夕阳逼近，金黄色的花瓣背面被阳光照得通体透亮，发出纯金般的光泽。像是无数面迎风招展的小黄旗，将那整片向日葵地的上空都辉映出一片升腾的金光。

它宁可迎着风，也不愿迎着阳光么？

呵，这是一片背对着太阳的向日葵。

你在那片向日葵林子里久久徘徊，你抚摸它丝绢般柔润的花瓣，你摇晃它毛茸茸青绿色的枝干，你仰望枝头上那饱满的褐黄色果盘，你围着它不停地转圈，揉着眼一遍又一遍地望着太阳，生怕是自己的眼睛出了毛病——

那众所周知的向阳花儿，莫非竟是一个弥天大谎么？

究竟是天下的向日葵，根本从来就没有围着太阳旋转的习性，还是这天山脚下的向日葵，忽然改变了它的遗传基因，成为一个叛逆的例外？

或许是阳光的亮度和吸引力不够么？可在阳光下你明明睁不开眼。

难道是土地贫瘠使得它心有余而力不足么？可它们一棵棵都健壮如树。

也许是那些成熟的向日葵种子太饱满了，它的身体重得转不过去转不动了？也许是它的脑子里（花盘）装了太多东西，有了独立思考的能力？它们似乎还年轻，新鲜活泼的花瓣一朵朵一片片抖擞着，轻轻松松地翘首顾盼，那么欣欣向荣，快快活活的样子。它们背对着太阳的时候，仍是高傲地扬着脑袋，没有丝毫谄媚的谦卑。

那么，它们一定是一些从异域引进的特殊品种，被天山的雪水滋养，变成了向日葵种群中的异类？可当你咀嚼那些并无异味的香喷喷的葵花籽，你还能区分它们来自哪里么？

你无法向它诉说你的惊奇，你茫然你沉吟，你百思不得其解。

于是你胡乱猜测：也许以往所见那些单株的向日葵，需要竭力迎合阳光，来驱赶孤独，权作它的伙伴或是依仗；而眼前是一群向日葵呀，当它们形成了向日葵群体之时，便互相手拉着手，一齐勇敢地抬起头来了。

　　它们是一个不再低头的集体。当你再次凝视它们的时候，你发现这偌大一片密密的向日葵林子，一眼望到它四周的边边角角，竟然没有一株，哪怕是一株瘦弱或是低矮的向日葵，悄悄地迎着阳光凑上脸去。它们始终保持这样挺拔的站姿，从早晨站到了傍晚，还将一直站到明天的太阳再度升起。也许，会站到它们的大帽檐干枯卷曲，站到最后被收割的镰刀砍倒。

　　是的，向日葵，它只是在懵懂、轻飘的幼年或少年时，会跟着太阳旋转。当它们的葵杆纷纷断裂、沉重的花盘终于坠地，那一定是花盘里的种子真正成熟、熟透了的日子。

　　明白了，向日葵。

　　此刻，你不得不背对着它们，在夕阳里重新上路。

　　天山脚下那一大片背对着太阳的向日葵，在你的影册里留下了一株株直立的背影。由于它们都逆着光亮，因而看不见它们的笑脸。

1997 年

半朵玫瑰

时至 6 月，有报道说，京郊妙峰山的千亩玫瑰已盛开，诚邀游客前往观赏。

这里所说的"玫瑰"，不是我们平时"赠人玫瑰手有余香"的那种观赏性玫瑰，严格说，那只是艳丽的月季，后来叫的人多了，也就成了玫瑰。

而妙峰山一带的玫瑰，是真正用来提炼优质玫瑰油和香精原料的玫瑰。据说"药用玫瑰"的植株矮而壮硕，花朵单瓣，小而密集，香味浓郁。由于妙峰山早晚温差大、云雾山中湿度宜人，特别适合玫瑰生长，所以该地种植玫瑰花已有百余年历史。

想想吧，当你沐浴在千亩姹紫嫣红、花气袭人的玫瑰海中，那是什么样的感觉和情致，会有什么样的愉悦和欢喜啊。

那个周末，一早急急赶往妙峰山去，唯恐错过了它绽放的花期。

山路蜿蜒、重山叠翠，车至山脚下的小村落，已近中午时分。只见满山绿树葱茏，全然不见想象中大片大片的"千亩玫瑰红"花海；一路苦苦问过去，有山民说，那些玫瑰都种在山顶，上山去看吧。便又急急上山；到了山顶，只见苍松矗立香烟缭绕，仍然不见玫瑰的半点踪影。不少慕名而来的游客，都在纷纷打听玫瑰究竟何在，大殿前摆摊的山民，豪迈地遥指山后，人们赶紧不辞辛苦翻山越岭寻去。

翻过山梁，山后是一大片缓坡，匍匐着一片片矮矮的浅绿色植株。

忽听一声尖叫：玫瑰！玫瑰！就像探矿者发现了地下的宝藏。

停步定睛细看，山坡上果然是一大片一大片的玫瑰，一棵棵玫瑰枝繁叶茂、挺拔壮硕。妙峰山的玫瑰，我慕名而来，可算找到你了，你果然在这里。

然而，眼前仍是波澜起伏的绿色，那些玫瑰好像只有叶片没有花朵，任我把眼睛睁得再大，也望不见一片，哪怕一朵红艳艳的玫瑰花瓣。

莫非是玫瑰花期未至，尚未开花么？

失望之余，拿出随身携带的望远镜。面对如此大面积的玫瑰种植基地，我不信真的找不出一朵绽开的玫瑰！

镜片在细碎的绿叶丛中移动寻找了很久，绿叶丛中，晃动着无数个直立而紧闭的花蕾。最后停留在镜头上的一点模模糊糊的红色，竟然是残缺不全的半朵玫瑰花。

面对远处隐隐的那点残红，心里生出几分怜惜。这半朵玫瑰，不知是被风撕碎，还是被雨折断了的？它看上去还很新鲜，就好像是被人粗暴地掐断了的。

偌大的玫瑰园，见不到养育或采摘玫瑰的山民。

兴冲冲而来，扫兴而去。

仍是心有不甘，悻悻路过金顶，折回到大殿前去问刚才指路的摊主：山那边的玫瑰园是找到了，但为何还是见不到开花的玫瑰？一朵都没见到……

摊主诡秘一笑说：我们这儿的玫瑰，不是给人看的，是用来过日子的。天还没亮，那花儿在露水里就开了，半开半闭的花骨朵，香气都裹在花瓣里，那时辰采下的玫瑰最值钱……

你是说，那山坡上的玫瑰花，一早就被你们采完了？我的目光停留在他的摊位上，这才注意到他卖的是一袋袋萎谢零落的玫瑰花瓣，被装在一只只透明的食品袋里。

他说：那是啊，趁着清早太阳还没出来，那些半开将开的玫瑰花，都得采下来。大清早，工厂的人就来收购了。

我被噎得说不出话。恍然明白，山上那半朵玫瑰，是清晨山民采摘时不留意剩下的。每天清晨玫瑰刚开放，就被扔进了麻袋？这……这也太不浪漫了。

那摊主又说：你们真想看玫瑰，得起早六点钟以前到山上，过了时辰，枝上只有明天才开的花骨朵了……

下次？要想看到盛开的玫瑰，得半夜从城里出发，狭窄弯曲的盘山路，车子摸黑开到妙峰山顶上，等待天亮曙色中玫瑰的苏醒？这可不容易。

转身要走，摊主的声音在身后追着：不买一袋干玫瑰回去？一块钱一袋……不都是玫瑰嘛，一样……

不，它们不一样。即便同一朵玫瑰，也有身体和魂魄、形色和精气的区分。形色用于观赏，魂魄用来提炼成精油；前者用眼睛保存，后者用实物保存。玫瑰的经济价值和审美价值，各有各的妙用，相得益彰。

可惜，种花人和赏花人，既不在同一空间，也不在同一时间里。

再也没有去过妙峰山。盛开的玫瑰花海、浓香的玫瑰花馥郁，成为一种想象。留下的，只有记忆中的半朵玫瑰。

1998 年

踏雪寻梅

　　刚过春节，见报上说京郊的红螺寺近年成功引种蜡梅，如今已是万株蜡梅盛开。

　　北方的冬天寒风萧瑟，除了青松松柏尚存苍郁的绿色，视线中绝无一星半点鲜花的颜色。何况是蜡梅。我从江南到北方二十余年，曾听说过西郊卧佛寺前有一株古梅仍能开花，但始终没有见过。

　　这红螺寺的蜡梅，自然很诱惑很让人兴奋。一个周末，宗璞先生提议结伴去赏梅。

　　过了怀柔县城再往山间北行十几里，就是红螺寺了。寺后是高耸的红螺山，山顶有亭，可望而不可即；寺前有红螺池和红螺女的塑像，再加一个美丽的传说。红螺寺始建于东晋，已有千余年历史。寺内翠竹成林，郁郁葱葱；殿前一株丈高古松，粗壮的枝干如伞如屋，向四周伸展，枝上叠架一棵古老紫藤，枝蔓缠绕。若在春季开花时节，苍绿的古松托起一片紫藤的缤纷云霞，定是蔚为壮观。

　　紫藤绕松、翠竹山墙，是为红螺寺二绝。岁寒三友，独缺梅花。

梅花耐寒。江南的蜡梅开在最冷的腊月，元宵节，春寒料峭时节，春梅就陆续绽放了。

然而，这是在北方。零下十几度哦。心里疑惑着，这么冷的地方，真能移植或是引种梅花？

天阴沉着，在路上已飘起了若有若无的小雪花，刚迈入红螺寺，那雪花就密密地坠了下来。迷茫的雾气里，只见翠竹幽然，古松挺拔，凛冽的风湿润起来。旋闪的雪花里，松竹越发显得庄严凝重。

忽然就有一点暖暖的亮色，一点火星似的金黄，从眼前的冷绿中跳出来。

石阶下的新土中，果然有几株矮矮的蜡梅树，像个幼小的孩子，怯怯地站立着。细弱的枝条上，竟然绽开着一朵朵金箔似的小花，从那深红色的花蕊中，散发出一阵阵蜡梅才有的高雅清香。

那是久违的江南气息，家乡的味道。若是在杭州，每年冬季，走在西湖边，走在街巷里，走着走着，忽一阵清风，忽一阵幽香，回头去寻，水边林间楼角巷尾，准有一大丛金灿灿的蜡梅默默立在那里。悠然、泰然、益然……她从不招摇也不炫耀，只用花香悄然提醒你唤醒你。

冷冽的雪花中，红螺寺的梅香竟然不期而至。弯下腰去嗅花香，这一株远嫁红螺寺的蜡梅，是否已经带有北国豪迈的气度？为了这些渡跨长江、落户北地的蜡梅的勇敢和坚忍，深呼吸，沁肺腑，嗅一口再嗅一口，只是闻不够。

哪怕红螺寺只有这一株小小的蜡梅，已足够令人惊喜。

细雪霏霏，雾气濛濛，只一会儿，红螺寺的琉璃瓦顶上覆了一层白霜，红黄间绿，古寺新颜。雪花落在无叶的梅枝上，一朵朵尖瓣红蕊的金黄色蜡梅，像一只只蜜蜡质地的吊坠，拴系在雪枝的银链上。

想起杭州落雪天的蜡梅，一只只酒盅似的花瓣里，盛满了一坨坨白雪，就像一朵朵白花，叠在一朵朵黄花上……何等美妙的蜡梅图景。

　　想象若干年后冬天的红螺寺，下雪的日子，苍松翠柏再添百株千株蜡梅的灿灿金色，金银绿三色、松竹梅三友、宗璞先生家的三松堂。岁寒之季的友情，暖暖地踏雪而至。

1999 年

夏威夷花海

　　夏威夷的波利尼西亚姑娘喜戴花，硕大的一朵扶桑，红黄粉紫，随随便便往鬓角上一插，光彩如虹，连眉毛上都溢出浪漫的南太平洋风情。花戴左耳边是名花有主，戴右耳边则是未婚待嫁。若是有远方来客，颈上的花环是不可缺少的——花环就是夏威夷，夏威夷就是花环。一朵朵娇艳的鲜花串成了花环，奉在客人胸前，脸被埋在花丛中，抬头低头都是花香，夏威夷整个都五彩缤纷了。

　　任何季节，岛上的花都应有尽有。那些开在地上的花早已不起眼，热带的奇花好像都喜欢长在树上，那冠盖如云的合欢树，用粉色的花朵把天空遮没了；橙黄浅红的夹竹桃，花墙一般密不透风；鸡蛋花树则是夏威夷的象征，蛋黄样浓稠的奶油色，一朵朵鲜亮亮缀满一树，像是摘下来就能塞进嘴里。在另一个火山岛上，火红的野姜花悬在绿树上一串串地招摇；白色或紫色的野兰花，从干涸的火山灰中水灵灵钻出来；一株株丈余高粗壮的大树，轰轰烈烈一树火红，碗大的一朵红花，噗地砸在地上，像是飞来一只古铜色的小喇叭，据说那叫非洲郁金香。

连郁金香都上了树，可知夏威夷花的规模了。茂宜岛 10000 英尺（1 英尺 ≈ 0.3 米）的高山顶上，生长着一种名为银剑草的花朵，据说那花冰清玉洁，六十年开一次，开花的时候，人不能靠近，因为人体温所散发的温度，会使花朵凋谢。最喜欢欧胡岛上一种烂漫的花树，细碎的叶子有点像槐，叶间缀着一大串一大串红色的小花，如藤萝花集束成团，铺天盖地倾泻下来，有风吹过，游人头顶如雨珠喷洒。曾问了许多人，想知道这花树的名称，人说夏威夷的花这么多，有谁搞得清呢。终有一日，30 年前从台湾来夏威夷的郑伯母，把英文和中文一再咀嚼，告诉我说那应该叫"七色雨花"，俗称下雨花，就是说人站在树下，感觉像沐浴在一片彩雨中。花名真是妙极，正合我的心意，夏威夷果然是花的王国，就连花名也不含糊。

生性是爱花的，在夏威夷的花海中，就有点飘飘然起来。

一日，在火山岛海边宾馆下榻，清晨起来，一眼就见窗前的海滩上，几株大树上开满了一朵朵似粉似白的大花，急急地下楼奔花而去。刚近得树下，头顶就被什么东西轻轻拂了一下，一朵"荷花"从我颈肩上滑落下来，一低头，只见绒毯一般的绿草地上，竟然散落着一地精致的"细瓷酒盅"，白里透红，只只都如此完美。捡起一朵花来细细察看，惊叹着天下的花朵，怎会有如此奇异的造型：它的底部是五片舒展的白色花瓣，像一座雪白的莲花托，从白色的花瓣中央，生出一丛粉红色针状长须的花蕊，一根根蓬松地挺立，绒球一般浓密，针尖轻盈灵动，在海风中微微战栗。它的底部像茶花而顶部有点像合欢，犹如把两种完全不同的花朵，天衣无缝地嫁接在了一起。

我蹲下来，把那些一分钟之前刚刚坠地，娇嫩得就像仍然活在枝上一般新鲜的花朵，一朵朵地捡起来。我刚捡起一朵，树上就又落一朵，每一朵都落地有声，鲜花们一朵朵不断从天而降，我就像踩入了雨后草丛中的蘑菇圈，才一小会儿，我的手掌就捧满了花朵，我的手心里，像被施了魔法一般花如泉涌。

后来，我走到海边去，站在火山岛海岸黑色的礁石上，把那些美丽的花朵，一朵一朵扔向大海。它们从我的手心里跃往大海的瞬间，显得轻快而迅捷。我想它们日日守着大海，定是渴望到海上去漫游的。

海浪将它们温柔地托举起来，淹没了白色的花瓣而将粉红色的长须露在水上，它们是那样轻盈，睡莲般宁静安详地浮游着，清晨的阳光从花蕊中穿过，根根针须通体透明，那几十朵海上睡莲，犹如一盏盏被阳光点亮的橙红色河灯，一盏跟着一盏，摇摇晃晃地随波顺流，悠悠然去远航。

它们走得很远了，我还能望见那些金红色的花蕊，似飞扬的船帆，在海面上一起一伏。那些花瓣也许早晚会被海浪湮没，满怀诗意地在海的怀里睡去。

那是我最终也不得其名的一种花树。我只好自己给它起了个名儿，叫它火山莲或是红毛丹茶花女。

后来的日子，一直惦着我的鲜花小船——碧蓝的海面上那一抹渐行渐远的红。

回到欧胡岛，正逢万圣节，处处都需要装点，花价似乎涨得可以，昔日街头到处有售的花环就单薄了许多，紫色的泰国兰、金黄的鸡蛋花，稀稀拉拉的一串，有些偷工减料的意思。眼看就要离开夏威夷了，心里自然是想要花环的，在这个鲜花岛上，怎么会找不到一个最漂亮最称心如意的花环呢？

那天，我在夏威夷大学的讲座结束后，我和林岚在校园里捧着草帽蹲在树下捡花。鸡蛋花树最为壮观，绿草地上一片落英缤纷，朵朵鲜艳如初，当然做领衔主演。先发现一株白色的鸡蛋花树，捡了一帽兜的雪；没走几步远，眼前一片金光，发现一株鹅黄色的鸡蛋花树，只好将白雪掏出，忍痛删去若干，为奶油腾出些空儿来；帽子又满了，一拐弯，路边竟又是一地嫣红，扑过去，专挑那最新鲜的花朵捡拾，扔了这朵又捡那朵，真不知道该留哪一朵好了。再走，草坡上的绿树高不见顶，树下却如花坛绚丽，橘黄色、桃红色遍地落花，小巧的喇叭形状，花瓣厚韧不宜损，倒可用来做配花。如此走一路捡一路，帽子被埋在冒尖的花堆里了，像是鲜花自己在行走。浓郁的花香在脖颈上绕过来飞过去，双手托着一大捧鲜花，人也变成了一朵会走路的花。

回到住处，把帽子里的花儿小心翼翼倒出来，摊在桌上，满屋子一阵阵香得呛人。用针系上结实的线，一朵黄几朵红再一朵白，小心精细地穿，就像小时候穿玻璃珠子。花茎还带着枝头的水分，湿润润有点涩，手心里感觉着活的生命，在指尖下富有弹性地跳跃。它们一朵挨一朵地挤成一簇，十几朵几十朵地有了花环的姿态，桌上的花朵渐少，都拢到那条花带上了。一束彩练从掌心一寸寸延长，当眼前最后一朵鲜花都被收在了线上，我的夏威夷花环悄然诞生。

由于使用了太多的鲜花，它显得有些过于丰满。鲜花摇摇坠坠颤颤悠悠的，像压弯了枝条的果实。有一只小黑蚂蚁从花蕊中探头探脑地爬出来，醉醺醺地亲吻着我的脖子。

花海夏威夷，那些花无论热烈多情还是高冷傲慢，无论是朴素还是含蓄，一朵朵一树树，全都坦坦荡荡轰轰烈烈。在这个没有冬天的海岛，鲜花既不凋谢于枝头，也不落红飘零——夏威夷的花朵，若是终于开得疲累了，也是以完美的姿态，一整朵一整朵地退场。它们从枝头坠落于地面，仍如生前那般婀娜娇艳；散落的花瓣里依然喷吐着鲜活的生命气息。夏威夷，一座幽香弥漫的鲜花岛。

2000 年

椴树花开

这个初夏，没想到我竟在那么遥远的地方见到你。

从我踏上塞尔维亚的土地开始，总是闻到一阵阵若有若无的香气，弥漫在空中。它萦绕着我，紧跟着我，无论往哪个方向走，一步步都笼罩在它的香味里。它丝丝缕缕无拘无束地飘在空中，无处不在，忽一会儿好似消散了，忽一会儿又飘来了。拢一拢头发，它落在我的头发上；拂一拂裙角，衣服犹如被香熏过了。空气新鲜纯净，无雾霾无杂质，故而那香味便尤为鲜明，香气略带甜味，是一种善意的友好的气息。

走走停停，寻寻觅觅，四下探望，想知道那香味来自何处。必定有一种强大香源，隐藏在这个城市的各个角落。凭直觉，我猜是花香，唯有花香能够吸引人的嗅觉。这应该是一种开花的树、或是树上的花，就像我家乡杭州的桂花树，秋天开花时节，一座城都香得沉醉不醒。

这棵树应该就在附近，而且，不是一棵树，而是很多棵。

那个下午，浓云正从城市楼顶疾速掠过，阳光聚拢在云层后面，有闪电划破天空。凉风裹挟着树叶与青草的气息袭来，那香味愈发地无顾忌地四下飞扬。

那时我们正步行穿过贝尔格莱德市中心一座小广场，去拜谒塞尔维亚文学史上最重要的作家伊沃·安得里齐的铜像，他曾在二十世纪六十年代获得诺贝尔文学奖，代表作是《德里纳河大桥》。作品触及巴尔干人痛苦的灵魂深处，对人们的良心发出了哀愁的祈求。在另一部中篇小说里，他描述萨拉热窝夜半时分不同的钟声，以时间的分割暗示夜的氛围，期待人类冲突的和解。他的铜像立于广场一角，喷泉的流水沿着石阶一级一级流淌下去，他忧伤的面容隐没于树荫的暗影下。

广场四周长满了高大的阔叶乔木，小路穿过疏旷的树林，树林里香气四溢。一株株高大而健壮的大树，就在我身边，树高足有十几米，灰色的树干上有直上直下的裂纹，主干向上分叉后伸展开去，树冠蓬松，枝条繁茂，椭圆形的叶片绿得发亮。结实的细枝上，挂满了一串串淡黄色的小花，每朵花都由五个花瓣组成，金丝花蕊朝下，花朵小而密集，如同一只只香水喇叭，悬挂在我头顶。摇晃着、喷洒着、尽情挥霍着它浓郁的香气……

其实我已经见过它多次了，在多瑙河边的城堡遗址，在教堂外的花园路边，它们像一个个绿色的巨人、城市的卫兵，一队队一列列，凛然而立。

这究竟是什么树呢？

有同伴伸出手机，踮起脚尖，够着了树梢上开得正盛的一簇小花，拍照，然后用手机上的软件搜索，只几秒，树名与花名同时显现——

椴树。椴花。

原来是椴树！真的是椴树么？

所有有关椴树的记忆，在瞬间被唤醒。

椴树（Tilia tuan Szyszyl.），分布于北温带和亚热带，中国珍贵的重点保护植物。别名：火绳树、家鹤儿，在完达山脉及东北的山林里多有生长。椴树的材质细密轻软，胀缩力小不变形，是建筑上的重要材种，素有"阔叶红松"之称。木质白而轻软，纹理纤细，可制作胶合板、门窗、箱柜或用于木刻，还可以做筷子、铅笔、木锨、蒸笼、蜂箱等各种器具，林区居民大多用它来做切菜的菜板……

是的，四十多年前，我见过冬天的椴树。小兴安岭的林场，漫山的深雪。树叶统统落尽了，高大的椴树，在帐篷外不远的雪地上，光秃秃地站立着。灰白色的枝条硬朗舒展，有一种水墨画的淡雅。然而，每天每天，在电锯刺耳的声响中，山林里那些粗壮的红松，还有椴树水曲柳，一片片一株株轰然倒下。粗大的原木，被大卡车一车车运往山外，然后肢解切割加工，制作成各种木器。据说树皮的纤维还可制成麻袋绳索人造棉，甚至火药的导引线……

那年开春前，快要下山回城的时候，连队里每个人几乎都分得了一块椴木的菜墩儿，直径宽达三十多公分，厚十几公分，像一块尚未涂上奶油的大蛋糕胚子。我不知道这个菜墩儿对我有什么用处，想象着那些树干笔直的椴树，被分割成了一截一截家常实用的菜墩儿，很心疼很珍惜地把它抱起来。记得椴树截面米黄色的木纹，散发出清爽的椴木香味儿。

听人们谈论椴树赞美椴树，因为它是一种特别有用的树。是的，有用。

后来又听人说，比椴木更有用的是椴花蜜。椴花蜜与我国南方的龙眼蜜、荔枝蜜并称"三大名蜜"。可谓蜂蜜中的顶级珍品。

东北人会如数家珍地给你讲解椴花蜜的种种好处：椴树是一种优良的蜜源树种，椴树花可提取芳香油，椴花具蜜腺，花蕊中含有亮晶晶的蜜汁。椴花蜜色泽晶莹，醇厚甘甜，结晶后凝如脂，白如雪，素有白蜜之称。明清以来，椴树蜜一直是皇家的贡品。黑龙江省林区每年春夏可接纳大量外来采椴树蜜的省内外蜂群，每逢椴树丰收年，仅一个强大的采蜜群，就能采到商品椴树蜜 50 公斤，因而黑龙江省素来享有"国家蜜库"之美称。用椴花蜜沏的水，晶莹透明犹如琼浆玉液，再放上一撮椴树花，就是甘甜芳香的椴花茶了。

然而，那是二十世纪七十年代，一个物资极度匮乏的时期，我在林场几个月，椴树可望，椴花无踪，我连椴花蜜的气味和影子都没见，哪怕一点一滴。椴花蜜，就这样成为甜蜜而遥不可及的渴望。

我多么希望能在山里待到七月，让我看一眼椴树花开漫山皆白的盛况。但早春的清雪一场接一场落下，我连椴树发芽的日子也没等到。开春后，我从小兴安岭回了农场。此后很多年，我也再没见过椴树，哪怕是冬天的椴树。只能从偶尔看到的图片中，想象着夏天的椴树绿叶葱茏的样子。

我开始关注椴树，断断续续得到一些关于椴树的消息：由于人类对森林的大肆掠夺性采伐，主要蜜源植物——椴树也难逃浩劫，椴花蜜产量已逐年减少……后来的岁月里，我见到的椴树，都以木器的形式出现，它们被制作成了各种精美实用的家具，不再有活的生命。它们在我的抚摸下微微战栗，诉说着我们共同的疼痛。

很多年后，当琥珀色的椴花蜜终于出现在早餐桌上，我把滑润醇厚的椴花蜜小心涂抹在面包片上，那一刻，眼前椴树花开，蜜蜂嗡嗡飞舞，椴木制成的蜂箱里，浓浓的蜂蜜溢出了蜂巢……

可我仍然没有真正见过开花的椴树。

此刻，在贝尔格莱德，我竟与椴树不期而遇，内心的惊诧与狂喜袭来，如同椴花在瞬间绽放。

更没想到的是，几天以后，在匈牙利布达佩斯老街及多瑙河边，我又一次闻到了椴花浓浓的馥郁。椴花独一无二的芳香，从街道上奶酪洋葱咖啡的气味里跳出来，我已学会辨认它们。布达佩斯尤其布达城的椴树，似乎比贝尔格莱德的椴树更多更集中，在这里，椴树作为行道树，如墙如坝屹立。二战已过去七十多年，当年的战火或许曾经把满城的椴树摧毁得七零八落，然而，硝烟散去，和平的年代，它们急切地重新生长，固执地重又开花结果。

此刻，多瑙河的堤岸上，椴树的长阵就像一条长长的绿链，跟着河上的红桥蓝桥黄桥白桥一路随行。金黄色的椴树花一层复一层，层层叠叠，排浪般汹涌起伏。我行走在椴树花的香味里，如痴如醉。

蓝色的多瑙河，在这个季节变成了金色的椴花河。

后来才知道，椴树还是捷克的国树。由于椴树的名字与德语"柔和"一词读音相近，比对欧洲的橡木，椴树是阴性的，被日耳曼人敬为爱情与幸运之女神。晒干的椴花可沏茶，是欧洲人喜爱的饮料，有安神助眠的功效。以前中欧很多地方，村落中心都有一棵椴树，树下是村民集会欢聚、或举行婚礼的场所，椴树花开的五、六月，城镇的各种舞蹈节、艺术表演都会在树下举行。由于日耳曼人一直有在椴树下举行集会的传统，法院去乡间审理案子也大多在椴树下进行，大多数村民都会来旁听，椴树因而常被称作"法院树"，或者"法院椴树"。在欧洲人心目中，椴树是神圣的。它不是可砍伐、可利用的优质木材，也不仅仅是花树与爱神。它们被赋予了公正与法治的属性，成为欧洲精神的一种象征。

椴树就这样成为欧洲国家共同的树。椴树花香无形无声地飘过国界自由徜徉，椴树花开的地方，人们平等相待、彼此尊重。

我自此懂得了，北温带的椴树，与亚热带的椴树有着那么多的不同。

我终于见到了绿叶金粉的椴树。遗憾的是，我的耳边竟然没听见蜜蜂的嗡嗡声，也没见到采蜜的蜜蜂。

椴树花开了。可是，那些传播花粉的蜜蜂们在哪里呢？

2018 年 1 月

天边草原芍药谷

延绵起伏的草坡，绒毡似的铺了一层浅浅的绿，丘陵草浪划出舒缓的弧线，一坡又一坡、一波又一波，如浪如云，把地平线遮去一半。无边的草原形成一个个绿色的旋涡，车和人在绿浪里翻滚，忽高忽低忽前忽后，绿得令人眩晕。

视线里没有一棵树。

天边草原。

灼烈的阳光，无遮无拦地倾洒下来，那些矮矮苗苗的绿草，裸露在原野上，顶着阳光站立，无处藏躲，却无一丝怯懦。沙尘袭来、暴雨倾泻、大雪覆盖，无助的小草，坦然迎向天空，慨然无怨地承受着。细弱的草根与草根，在薄薄的土层下手牵着手，一根连着一根、一片连着一片，就把无边无际的绿草原托起来了。

走了多远的路呢？远处山脊的明线，勾勒出坡地草原层次分明的轮廓。那些深浅不一的暗影，是丘陵的皱褶，分出了坡地的阴面和阳面。

野芍药花惊现的那一刻，空气骤然凝固了。

她们从山谷里低地里探出头来，一团团柔润的白与粉，一只只仙桃般浑圆的花苞、一朵朵粲然开启的鲜花，一支支昂首俏立的深绿色枝叶，在草丛里漫坡遍野地散落开去。数不清的野生芍药花，如同一群群粉色白色的鸟群，从天边飞来栖息于此，铺满了这整整一面隐蔽而又开阔的凹形谷地。她们在阳光下安静地梳理着轻盈而光滑的羽翅，展示着纯洁无瑕的身体。粉白粉红，星星点点，织成了一块巨大的花毯。远远望去，眼前这一片绿山谷，已被盛开的野芍药，染成了缤纷绚丽的鲜花草原。

在这天高地阔、旷野无垠的草原深处，蛰伏着如此大面积的野生芍药。令人难以置信。她们更像一群超凡脱俗的花仙子，在草地上忘情嬉戏，心无旁骛地举行着一场隆重的演出。她们是在为自己舞蹈，并不介意是否有人观赏。

我被眼前这壮观的天然芍药之美震慑了。在坡顶上停下来，屏息静气，不敢迈出脚步。众里寻你千百度，蓦然回首，野芍药，我可找到你们了。

草原寂静无声，只听得草叶簌簌在脚下响动，还有自己急促的呼吸。小心地撩开齐膝的花枝，磕磕绊绊地接近她，跌跌撞撞地靠近她。再晚一步，唯恐她又乘风飞去倏然无影。我的前后左右身前身后都是绽开的野芍药，一朵亲吻着我的裙角，一朵拂弄着我的裙带，弯腰抚摸眼前这一朵，前面又有一朵在呼唤我……我触到了她薄如蝉翼的花瓣，闻到了花蕊中喷发出来的阵阵香味；左边是挺立的芍药花苞、右边是灿烂的芍药花朵，身后是繁茂的芍药花枝。芍药的花瓣在风中轻轻摇曳，花叶发出一阵阵浓郁的青草气息，花朵散着一阵阵清甜清爽清淡的芳香。我陷落于此起彼伏的花海花浪中，乱花迷眼；我匍匐在她脚下，只想伸出双臂把她拢在怀里。

芍药花浅杯状的大花蕾，多为粉红色，形似玉兰花苞，却更饱满健壮。那些已绽开的花朵，花瓣是纯正的白色或淡淡的粉色，远望几乎与牡丹或荷花同大。天空碧蓝如水，朵朵白云悬停不动。分不清是天上的白云一片片落下来变成了白芍药，还是一朵朵白芍药浮上了天空……野生芍药花朵多为单瓣，一朵有十几枚花瓣环绕，一棵植株上一簇可开几朵，并列几簇可达十几朵，开得烂漫狂野、无拘无束。鲜丽的金黄色花蕊上，布满了细密的花粉，弹之欲出，传递着芍药的爱情。花萼片约五枚，叶状披针形。花蕊中翘起几支精巧的红色"小拇指"，大概是雌蕊吧。在一朵即将落花的花蕊中，"小拇指"变成了成熟的纺锤形果实，搓碾后有黑色的圆粒花籽掉落下来……

到了秋季，芍药花叶一朵朵一片片落尽，地面上干干净净，就像芍药从没来过世上一样。她们消失于厚雪之下，好像在做一个藏猫猫的游戏。由于芍药的地下根茎硕大，有充足的养料让她们安然度过严冬。

山谷静悄悄，几只蜜蜂嗡嗡地飞过，钻入花蕊不见了。

啾啾鸟叫，咕咕虫鸣，还有风的声音。

很多年前，我和母亲游览北京香山，曾在樱桃沟发现几株人工种植的盛开芍药花，细细品赏，那洁白的花瓣近于透明，片片如玉似水，花形叶片与牡丹极其相似，花大叶肥，华美绚丽，好像是专与牡丹媲美而来。

我一直分不清牡丹和芍药。

然而，在这片草原深处的芍药谷，我终于明白了芍药与牡丹的区别。

芍药花长长的花茎，由根部簇生，每一枝都是直立而独立的，它们好奇地抻长了脖子，向上探问着天空。芍药的花朵高于植株，一朵朵活泼泼地悬浮于枝头，欢天喜地的样子，是一种率性无羁的姿态。

而牡丹开花时，嵌于绿叶之中或悬浮于绿叶之上，因有花枝绿叶扶托，显得沉稳富态，有雍容华贵之相。

若说牡丹高冷，那么芍药热情。

若说牡丹富态，那么芍药妩媚。

若说牡丹华丽，那么芍药生动。

若说牡丹高贵，那么芍药柔韧。

牡丹的精致之美，是被人工栽培养育出来的；而野芍药，带着一种天然蓬勃之美，自由自在，质朴灵动。

芍药属毛茛目，被人们誉为"花仙"和"花相"，是国内"十大名花"之一，也被称为"五月花神"。芍药自古就被作为爱情之花，因其又名"别离草"，现已被尊为七夕之花。芍药花瓣可煮粥，芍根可入药……

赞叹着芍药所有的美与好，脑中闪过了《红楼梦》中"憨湘云醉眠芍药裀"的片段：宝玉过生日那天，史湘云喝醉酒，在园中山后一块石凳上睡着了。她头枕着一包芍药花瓣，芍药花飞了她一身，手中扇子落在地下，也被芍药花埋了一半，身边蜂围蝶绕……芍药裀，应该是盛满芍药花瓣的包袱，湘云枕着香气四溢的包袱醉卧而眠，芍药花飞了一身——何等诗意何等浪漫呢。

真正让我惊叹的，是眼前这漫山遍野的芍药花，覆盖了整整一个山谷，坡上坡下清一色的芍药，别无一朵杂花。她们此起彼落竞相争艳，热闹而丰满。这里既不是公园，更不是人工栽培的花坛。这片偌大的芍药谷，是真正的野生芍药，它们是从这亘古荒原湿润的山谷里自己长出来的，自生自灭，自由自在。

与公园人工培育的芍药花不同，野生芍药的花朵略小，多为单瓣，但植株苗壮，蔚然成片。这些芍药花的种子，究竟是什么时候落在这个山谷里的呢？在这片人迹罕至的草原上，这片或肥沃或瘠薄的土壤，她们或千挑万选、或是随遇而安，沉潜于地下雪下冰下。春天来了，根茎悄悄萌动，她们便从草地上轰轰烈烈地钻出来。据说芍药发芽的场景蔚为壮观，水红色或浅紫红的短粗花芽，形似竹笋，出土后花芽颜色加深，变为深紫红色或黄褐色，而后迅速形成花的营养器官——茎和叶，茎叶一支支蓬蓬勃勃，萌发出强劲的生命活力。

大自然拥有何等的神力与造化，创造出了如此壮美的奇迹。千百年来，芍药花历经了多少次干旱或冰雹的劫难，侥幸存活下来并繁衍成谷。她们具有何等旺盛与顽强的生命基因，才能在这冬季长达八个月之久的高寒草原扎下深根；在她们娇嫩的花苞内，蕴含着何等超强的忍耐力与爆发力，年复一年，光阴荏苒，花开花落。只要草原的春天来了，无论怎样恶劣的春天，无论春寒春雪，她们都会踩着花期，去而复来。

天边草原、天上草原、天堂草原。

据知，在乌拉盖这一带草原上，大大小小的芍药谷有几十处。管委会对其进行了严格的保护措施，目前只有一个芍药谷对外开放，景区在山坡上搭建了长长的木栈道，供游人隔空观赏。芍药被称为别离草，是离人折花话别呢，还是她们随时会飘然离去？如若有一天芍药不辞而别，夏季的草原也就黯然失色了。

在距北京几百公里之北的草原深处，拥有这一片保存完好、未被侵犯的芍药谷；在这个污浊的世界上，在山脊的皱褶里，深藏着这一片纯净的鲜花草原——这是上天赐予草原人的珍宝。而我们，所有涌向草原的赏花人，在赞美芍药的同时，能为呵护她们，做些什么呢？

2019 年

绿家族

地下森林断想

　　森林是雄伟壮丽的，遮天蔽日，浩瀚无垠。风来似一片绿色的海，寂静如一堵坚固的墙。那就是森林，地球尚未造就人类，却已经造就了它，植物世界骄傲的代表。

　　可是你，却为什么长在这里？长在这阴森森黑黝黝的幽深的峡谷。我寻找你，爬上了高高的山岭，穿过了长长的石洞。袅袅烟云在我身边飘浮，而你那充满生机的树梢，却刚够得着我的脚尖，不及山坡上小草儿高。山谷深不见底，宽不可测，没有人见过这片森林的全貌。虽然你拥有珍贵的树木，这大自然无价的财富，然而你沉默寡言、与世无争——多么不公平啊，你这个世上罕见的地下森林。你从哪里飞来？你究竟遭受了什么不幸，以致你沉入这黑暗的深渊，熬过了那么漫长的岁月？

　　一定是在很久很久以前，遥远的远古年代。那时候这里也许是一片芬芳的草地，也许是清澈的湖泊，美丽的大自然，万物鼎盛。可是突然一次巨大的火山爆发，瞬息间改变了一切。狂风呼啸，气浪灼人，沙石飞腾，岩浆横溢，霎时天昏地暗，山崩地裂，好像到了世界的末日……

人们不知道地球为什么要发这么大的脾气。或许仅仅是因为它喜欢运动。嗬，听苍郁的巨木在风暴中咔咔折断，见地心的"热血"喷射上天，气势之宏伟壮观，连太阳都要肃然起敬。

然而它终于息怒了。于是一切都平静下来。平静了，草地变成了明镜似的湖，昔日的湖底成了奇形怪状的石山。它把岩石熔化成沙砾，把峻岭劈成深渊。一切都改变了：烧焦的石头取代了绿色的森林，黑色的岩浆覆盖了娇艳的野花。多么宁静的世界呵，万籁俱寂，没有百鸟啾啾，没有树叶沙沙……

就像地球上有的火山爆发后留下的痕迹一样，在这里，黑龙江省宁安县境内距镜泊湖180公里的山林里，早已沉寂的火山留下了七个不规则的深坑，四面均为悬崖，险岩峭立，怪石嶙峋。深处百十米，浅处少说也有三四十米。谷底开阔，散落着万年前山摇地动时崩塌下来的巨石。

火山制造了峡谷、深渊，却没有留下生命。山是光秃秃的，谷是光秃秃的，太阳依然高悬，可是山没有颜色，谷没有颜色……

多少年过去了，风儿把山顶上岩石的表层化作了泥土，瘠薄而细密；它又不辞辛苦地从远处茂密的树林里捎来种子，让雨水把它们唤醒。坡上青翠的小苗讨得阳光喜欢了，便慷慨地抚爱它们。于是，灰黑的火山石变绿了，悬崖上，山岭间，一片郁郁葱葱，鸟儿也回来了，为的是歌唱生命。

然而那幽暗的峡谷，却依然如故。黑黝黝、光秃秃、阴森森、静悄悄。樵夫听得见泉水在谷底的石洞里激起的滴答回声，猎人追踪狼嗥虎啸至此，除了厚厚的青苔之外什么也没有。几千年过去了，大自然的生命无处不在，峡谷却没能生长出哪怕一株小草……

也许鸟儿掠过山崖，衔叼的草茎曾在这里落下过草籽儿，但是草籽儿没有发芽；也许山泉流过谷底，携带过几粒花种，但是小花儿没有长大。都说阳光是公平的，在这里却不，不！阳光享用着高山大川平野对它的欢呼致意，却从来没有走到这深深的峡谷的底部来探访。它吝啬地在崖口徘徊，装模作样地点头，它从没有留意过这陷落的大坑，而早已将它遗忘了。即使夏日的正午偶有几束光线由于好奇而向谷底窥测，也是斜视着眼睛，没有几丝暖意。

阳光不喜欢峡谷，峡谷莫非不知道？

不幸的峡谷，它本可以变成一串明珠似的小湖，像德都县的高山堰塞湖"五大连池"那样，轻而易举就可赢得人们的赞美。可是它却不。它悄然无声地躺在这断崖绝壁下，并不急于到世上去炫耀自己；它隐姓埋名，安于这荒僻的大山之间，总好像在期待着什么，希望着什么。它究竟在期待和希望着什么呢？

长空的大风经过这里，停下了脚步。不等探询，便很快理解了它。它把坑口的石块碾成粉末，一点一点地撒落到峡谷的石缝里去。

洁净的山泉日日与它相伴，也终于明白了它。它从石洞里流出来，又一滴一滴渗进石缝里去，把石块碾成的粉末变成了泥土。

山顶的鱼鳞松时时顾盼着它。虽然相对无言，却是心心相通。它敬仰峡谷深沉的品格，钦佩峡谷坚韧的毅力；它为阳光的偏爱愤懑，为深渊的遭遇不平。秋天，它结下了沉甸甸的种子，便毅然跳进了峡谷的怀抱，献身于那没有阳光的"地下"。也许为它所感召，纯洁的白桦、挺拔的白杨、秀美的黄菠萝，它们勇敢的种子，都来了，来了。一粒、几十粒、几百粒。不是出于怜悯，而是为了试一试大自然的生命力究竟有多强……

几千年过去了，几万年过去了。

孱弱的小苗曾在寒冷霜冻中死去，但总有强者活下来了，长起来了，从没有阳光的深坑里长起来。

几千年过去了，几万年过去了，进入了人类的文明时代。终于有一天，人们在昔日的死火山口发现了一个奇迹，一个生命史上的奇迹——幽暗的峡谷里竟然柞木苍郁，松树成林。整整齐齐、密密麻麻地耸立着一片蔚为壮观的森林。只因为它集于井底一般的深谷之中，黑森森不见阳光，有人便为它起了一个恰如其分的名字，叫作地下森林。

如果它早已成为漂亮的小湖，奇丽的深潭，也许早就免除了这"地下"的一切艰辛。但是它不愿意。它懂得阳光虽然嫌弃它，时间却是公正的，为此它宁可付出几万年的代价。它在黑暗中苦苦挣扎向上，爱生命竟爱得那样热烈真挚。尽管阳光一千次对它背过脸去，它却终于把粗壮的双臂伸向了光明的天顶，得到了自己期待和希望已久的荣光——那不是人们的赞美，而是它无私地奉献给人们的伟岸的成材！坚硬、挺直，绝无半分媚骨。

地下森林——我为寻你爬上了高高的山岭，原只是因为好奇，却想不到你如此强烈地震动了我的心怀。我不愿离去了。我望见涧底闪烁的泉水，我明白那是你含泪的微笑。

秋日的艳阳在森林的树梢上欢乐地跳跃，把林子里墨绿的松、金色的唐棋、橘黄的杨、火红的枫，打扮得五彩缤纷。瞧！阳光现在多么喜爱它们，好像它从来就是这么慷慨。

风儿从我脚下的林子里钻出来，送来林涛愉悦而又深沉的低吟。你的歌是唱给曾在困难中真诚地帮助过你的伙伴们听的吗？它们如今都到哪儿去了呢？……

干枯的小草儿在我脚下发出簌簌的响声，似乎在提醒我注意它。它确实比你这地下森林要高出好几分呢，这得意的小草儿。然而我却想攀着古藤爬下去，爬到那深深的谷底去。那儿的树木虽然远不如山上的小草儿高，但它却可以自豪地宣布：我是森林！

呵，我听见了，听见那莽莽群峰和高高天庭上震荡的回声：我是森林！

大自然每一次剧烈的运动，总要破坏和毁灭一些什么，但也总有一些顽强的生命，不会屈服，绝不屈服呵！地下森林，我们古老的地球生命中新崛起的骄子，谢谢你的启迪。

我景仰那些曾在黑暗中追寻光明的地下的"种子"。愿你们创造更多的奇迹！

1979 年

五花山剪影

一

金秋十月，我们走进山里去。

小路从坡上的厚草中钻出来，好像一条金色的带子，清晨的露珠儿从枯萎的草尖上滴落。夏日烂漫的山花，早躲得不知去向，连最有耐性的野菊，也垂下了它蓝色的花瓣，埋怨着第一场秋霜的降临。

然而仰脸朝上望去，朝那霞光璀璨的树梢和密密麻麻的层林望去，却见一片姹紫嫣红。几株深红色的槭树，猛地从五彩缤纷的林间闪出来，从上到下竟没有一片绿叶，清一色的红，红得发紫，紫得发亮，远看像一柄火炬，光焰灼人。偌大的林子，有了它，竟好像要腾腾地燃烧起来；走近了，发现它酷似枫叶，只是比枫叶红得更深沉。

一株高大的白松，浑身披挂着彩云一般的山葡萄叶，那叶子竟是粉红色的，真像三月桃花。一阵风来，藤萝摇摆，巴掌大的红叶便忽悠悠悠地飘拂起来。林深处，还有一簇簇火红色的山葡萄叶，闪闪烁烁，好似半天空翻卷的旗帜……

不引人注意的路边，有一片柞树林子，在风中飒飒响着。那叶子，红中略带一点黄褐，黄中又带一点金红……

几只不知名的翠鸟，落入淡黄色的桦木林，绕着那椭圆形的小叶片歌唱，又隐入黑森森的松针里去了。云杉、冷杉、鱼鳞松，似乎不想参加这秋季时装展览，规规矩矩地靠边站着。它们没有想到，正是自己那点珍贵的绿色，作了绚丽的秋景庄严的陪衬。

"红、黄、绿、紫……"我们数着大山的颜色，欢喜得迈不开步了。

"这到底是什么山？"终于有人发问。

"五花山，"向导眨着眼睛风趣地回答，"你们数得一点儿不错。"

我们走进五颜六色的"五花山"里去。阳光从五花林中倾泻下来，投射了一个又一个神奇的光环。山是彩色的，林是彩色的，空气也是彩色的，犹如走进了绚丽的春天里。

二

我们登上了"五花山"。

这五花山竟有多少个山头？极目眺望，只见龙飞凤舞似的一片。远山近山，一抹胭脂红，一道龙胆紫；几层靛青，几丝浓黄，分明是一幅巨大的油画。

"那座山，都叫什么名儿呢？"

"五花山。"向导不慌不忙地回答。

"也叫五花山？五花山到底有多少？"

"每年秋分到寒露，山都变花花了，这段时间里，这儿的人就爱把所有的山都叫作五花山——五颜六色的山！"

我们这才领悟了秋天的大山。五花山，没比这更美好的名字了。

山脚下，镜泊湖静静地傍势躺着，沐浴着正午的艳阳，像一个悠闲自得的村姑。她欣赏着斑斓的山野，诧异地眨起那蓝莹莹的眼睛来了。

岂止是"五花"哩？你们再仔细看看——

单单是红，就有多少种？眼前的山花椒，从头到脚红透了。玛瑙似的小红果，一嘟噜一嘟噜，红得叫人心醉，叶片略带一点西洋红，显得妖冶；而那远处的遍地灌木，红得热烈而庄重，真像是春天漫坡的百合……

而黄色，你能数过来：金黄、浅黄、淡黄、鹅黄、深黄、橙黄……

绿色，你能数过来：墨绿、翠绿、浅绿、苹果绿……毗邻相依，交相辉映，黄中有绿，绿中带紫，织成了一个又一个彩色的花环。

五花山把这彩叶编织的花环，献给了镜泊湖，戴在她那丰满洁净的颈子上，镜泊湖四季布衣淡妆，湖水静卧于山岭之间，在蓝天下显示她野性的美。仅仅只在立夏时，她会为自己涂抹一些满山杜鹃馈赠的胭脂；白露时，戴一回万木敬献的花环。此时此刻，满湖都是五色的山、六色的树，山的倒影树的倒影，赤橙黄绿青蓝紫，七色洇渗，交相辉映，峡谷间那个狭长的彩湖，晃得人眼睛都睁不开了。

三

我们辞别五花山。

夕阳已经西沉，掉进那如海的苍山中去了。留下漫天的晚霞，一步一回头，步步娇媚。

晚霞中的五花山，好似美人身披华丽的锦服。紫色的纱裙，镶着银色的花边。纱裙如此宽大，系在她细小的腰肢里，得打上千百个皱褶。浓浓的云团，包裹着她苗条的身影，现出柔美的线条。还有绣着繁花的猩红坎肩，淡绿色的绣花鞋，宝蓝的流苏，应有尽有了。那如墨的青丝，长长地披垂下来，甩过半个天空，缀着星星一样闪光的蓝宝石，月牙儿一般的金玉簪……

晚风从山林里带来潮湿的雾气，浮动在山腰里，裙裾的飘带悠悠……

她真是不愿归去呵，天空变成深蓝色了，遮盖了她的双脚。然而，从她那浓密的秀发下，忽而闪出一道金红色霞光，像一双明亮的眼睛，回眸深情地注视着山岭……

绚丽的晚霞，究竟是你把山林装扮得如此璀璨，还是五花山的色彩飞上了天空？

我们在山脚下的湖水边，眺望逶迤连绵的五花山。月亮从五花山背后升起来了，闪烁着奇异的光泽，一个彩色的月亮，把湖水染得红蓝橙紫……令人分不清哪是湖水，哪是山林，哪是晚霞……

1979 年

西双版纳绿家族

团花树

你拼命地向上长啊长啊，一年可长到两三米。灰白的树干顶端高高的树冠，就像撑起了一把擎天大伞——所以人们叫你团花树。你长得太快了，树冠像一只巨大的蘑菇，从雨后的草地上迅速蹿出来。甚至来不及发出弯枝侧叶，就被树身中饱满的浆汁推向了蓝天。于是，你的树干笔直、修长、挺拔、健美。

人们又管你叫速生树。你象征着速度和力量。

你充满了自信，不顾一切地往上长啊长啊。

可你为什么要长那么快呢？你不怕狂风暴雨会把你刮倒吗？你不怕"千年不长"的黄杨木会忌妒你吗？

你不怕。你只想着人们急需木材的时候，你能够提供有用的援助。

所以我们总是见到年轻的团花树，永远见不到你衰老的样子。

也许，你只是为了探求天空的秘密，一心想钻到云层里去看一看，是吗？

美登木

据说以前它还没有被发现的时候，漫山遍野随处而生。烧荒的，一把火将它变成了草灰肥料；砍柴的，几斧子将它送进了火塘灶坑。没有人认识它，也没有稀罕它。连它自己也不知道自己的价值，任其枝黄叶败，自生自灭，栖身于这荒山野岭之中……

突然有一天它被鉴定为一种珍贵的稀有药材，可以医治人类的不治之症，于是它顿时变得身价百倍，成为万木之王、无价之宝了。

它被"请"进这宁静优雅的植物博物馆里，就像住进了"高级宾馆"。改换了先前的一切待遇，得到了先前从未梦想过的照料与呵护、先前闻所未闻的赞美和荣誉……

然而，它却依旧为那些变成了灰烬的姐妹们暗暗惋惜和痛心。假如它们能早些被"发现"，不是能有更多的同伴可以免除被砍伐的命运，找到自己物尽其能的去处吗？

可惜它们一直不知道自己的价值。只是由于一个偶然的机会，人们发现了美登木。

假如连这个偶然的机会也没有呢？它低垂着小小的叶片，似乎悲哀地想着什么。

神秘果

早听说过这神秘果了。

若是你想吃一块酸酸的柠檬，据说先嚼了这绿色的小果子，柠檬就会变甜。

不是很神秘吗？会变戏法的小果子。

我们只在那一人高的枝叶间，找到几颗花生米大小的绿果子。它还没有成熟，咬一口定是很涩的。

但即使它已经成熟了，我也不会吃它的。不知为什么，我总觉得那有点儿自欺欺人。生活里无论是酸的还是甜的果子，都凭借我舌头的可靠的味觉来判断，我不想用别的东西来掩饰它、改变它。即使它酸得无法入口，也是它的本来面目。我情愿品尝那些酸酸的水果原汁，也不愿欺骗了自己。

哦，神秘果，难道你的魅力全在于帮助舌头撒谎吗？生活中要改变的是那酸涩的水果品种本身，而不是味觉啊。

海红豆

山坡上是一片繁茂的树林，几种不同形状的树叶交错参差在一起，织成了一道绿色的网。从那密密的叶片中央透射下来的阳光，斑斑点点地洒在山坡上。坡上的草丛里，有无数的红玛瑙在熠熠发亮。

弯下身子捡起它来，它在我的掌心里滚动，红得像要滴血。为什么它竟然是心形的。像一颗正在滴血的心。

人说红豆是相思豆，可以用它来表示爱情。看来爱情并不如人们所想象的那么幸福，否则红豆为什么要滴着血呢？是爱得像火焰一般热烈？还是思念得心破碎呢？它红得刺眼、夺目，叫人望而生畏，却又勾起人不知从何而来的一丝爱怜……

我蹲下去捡红豆。才一会儿工夫，就捡了满满的一把，沾着坡上的红土。这儿的红豆真多呀，它好像并不怎样地吝惜自己。莫非世间的爱情也是这样的随手可得么？

我捡了好一会儿，却不知哪一棵是红豆树。也不知这满坡的红豆，究竟是从哪一棵树上掉下来的。我只知道这心形的红豆，叫作海红豆。听说红豆成熟的时候，那豆荚都抽搐、扭曲得变了形……

我捡了许许多多的红豆，却不知道将要把它们送给谁。这里的红豆多极了，它似乎不知道世上并没有那么多的人，能够真正得到爱情。

然而假若有一天我把它赠给我所爱的人，我却将会隆重得像赠给国宾红玛瑙。不，比红玛瑙更贵重得多，因为它是心形的，因为它滴着血……

老榕树

你站在这里有多少年了？眼看着这庞大的森林家族分家、搬迁；眼看着世事沉浮、动荡、变乱，你却不慌不忙地繁衍生息，从一株独立的枝干，变成了一座小小的树林。你站在那里，魁伟、雄壮，像一位德高望重的长者，慈祥地观望着四周高矮不一的椰子、油棕和槟榔……

奇怪你的枝干怎么偏偏往下生长？落地生根，似乎为了用来支撑你过于沉重的身躯。你善于开辟领地，单就那一根弯枝，一伸手就出去20米，像一座颀长而富有弹性的大木桥，中间落地的须根，是支撑桥面的桥墩。树林里厚厚的苔藓，就像树下流淌的碧绿的河水。

你站在那里有多少年了。满树浓荫匝地，像一所高大的厅堂，供游人乘凉休憩。老榕树，有谁能不赞美你的气魄和功德呢？

然而，也许由于你太老了，你庞大的身躯上，布满了几百种附生树、攀缠的藤蔓，我几乎已经分辨不出哪是榕树的叶子，哪是你的附生物的叶子。它们寄生在你的身上，吸着你的养分补充自己，借着你的高枝炫耀自己，你不感到累么？哦，我知道，你也是无可奈何。是一棵大树总有许多拜倒在你脚下的小草，总有许多攀缘于你的旁枝。你要摆脱它们，除非到你自己倒下的那一天。

　　我不由得深深地同情你了，老榕树。

　　我在树下逮到一只两色的蝴蝶。它绕着树干翩翩起舞的时候，是那样的富于生气，应该让它给老榕树讲一点儿远处的槟榔姑娘的趣闻，我想老榕树的附生物再多，它的心也是寂寞的……

1980 年

北方的仙人掌

　　一个雨天。呼兰城湿漉漉的。城边儿上的西岗公园，也是湿漉漉的。

　　它就静悄悄地躲在公园角上的花窖里，佝偻着腰背，收缩着胳膊腿，默默注视着往来的行人，想着自己的心事。

　　它确实是太老啦。老得青青的脚掌都已纠成一团，变成了灰褐色的树干，又粗又硬地缠绕在一起，像一位饱经风霜的老人的双腿，失去了光泽的皮肤，粗糙而坚韧。谁要是看见这样的树干，绝不会认为这是一棵仙人掌。

　　可它又实实在在是一棵仙人掌。就在这变了形的树干上，还残留着绿色的针刺，像一根根细细长长、尖利的竹签儿；又像一簇簇流苏或是老人的胡须，软软地耷拉下来。但如果顺着树干往上瞧——那一丛丛苍郁的"仙人掌"全都张开着，摊开着，高举着。一只"手掌"有半张荷叶大，狭长而厚实，重重叠叠，如堆砌的岩石一般，往天空伸展上去，挤满了小小花窖的玻璃门楼。一根根约有火柴棍长短的绿针，密密地从掌心穿出，挺拔而刚硬，耸立着，很有一点锋芒毕露的架势。

这树干和上半部的绿掌相加，足有一人多高。

老吗？不，不老。鱼美人，鱼尾人身。或是一尊雕塑，树干是基石，而油绿的仙人掌，侧面看，就是一个少女的头像。是她。如她当年，健康、秀美、生气勃勃……

谁也不知道它究竟活了多少个年头。人们只是记得，萧红还在呼兰镇的时候，就有了它。萧红小时候到西岗公园，就见过它。

在北方，东北，怎么会有仙人掌呢？而且，是一株巨大的仙人掌。

我在心里唤它仙人树。

我在远处、近处，瞻仰它，欣赏它，怀着敬意，又有一点小小的惆怅，凄恻。却说不出来，是为什么。

忽然发现，在仙人掌那墨绿色的叶片和针尖上，挂着一串串晶莹的水珠，好似它的眼泪，正从它汁水饱满的心房里，汩汩地溢出来。而在它那巨大的叶丛的顶端，绿掌的边缘上，却奇迹一般地开着几朵小黄花，绒球似的缀在半空中，火红色的花蕊，在晶莹闪烁的水珠里，如滴血一般鲜丽……

人说，仙人掌六十年才开花。

这西岗公园的仙人掌，去年才头一次开花。萧红走了五十年了，她生前没见过它开花。

我惊异。愕然。我默默地站在它的脚下，仰视它。它，无声地垂首，凝望着我。

我不知站了多久。

我想，开了花的仙人掌，定是有灵气的罢。

小雨淅淅地落着。在这清凉的雨雾中，我与仙人掌，有了以下的这段对话：

"你是第一回来呼兰吧？"

"是的。可我早知道呼兰河，早就想来看它了。"

"你知道我是谁哩？"

"仙人掌，不，仙人树呗，要不你咋会说话呢！"

"唉，年轻人，说句悄悄话给你，我，是萧红的朋友。"

"我也这么猜。呼兰城，数你活得长久。……你，给我讲讲萧红吧，我就是为她而来的。"

"行。不过，我得先问你几句话儿。"

"问吧，我高兴听你说话。萧红要活着，七十七了，怕是顶爱同人絮絮叨叨地唠嗑呢。"

"你头晌来，可去了萧红故居了？"

"别提了，那叫啥故居？还故——居哩，《呼兰河传》里写到的她家前院后园，东厢西厢，全没了。只剩孤零零一座正房，里头还有一户住家没迁走。萧红当年捉蝴蝶、采天星星的花园里，只留下一棵半截的枯树，也不知是不是原来那株老榆树。有人在树底下种了一圈牵牛花，紫嘟嘟地绕着树干开得热闹，倒添了几分凄凉。"

"别这么说，孩子。这故居修成现在这样儿，就不易了。前年省政府拨下五万块钱叫修，刚够做那几户住家的动迁费。萧红就一个亲弟弟，还出去当了兵。有个侄，在省城，老家没根了，土改时这房就归了公。圈回这块园子，还是政府说了话的。荒废了几十年，哪能说修就修起来了？钱哩？不瞒你，圈这矮院墙，砌这砖门楼，还是县里挪了别的款子垫上的。如今要花钱的地儿试多，你寻思……"

"可我还以为能到故居买个纪念册、买套书，照片什么的……谁知啥也没有，连坐的地儿都没有，打1980年就开始纪念了，四年过去，还这么简陋？萧红要是回家来，一准伤心死……"

"三十年也没纪念不是？怨谁去？有啥可伤心的？真宝贝埋多少年，挖出来还是宝。我就知道早晚有这天，世上的人终于明白了她作品的好，我的花儿就是留给她开的！"

"你瞎说，我看见你哭了。你的手掌上，全是眼泪。没有人来的时候，你悄悄哭。因为啥？你别以为我不知道……"

"这孩子，你这孩子……唉……你去了萧红小学没哩？"

"萧红小学、萧红大街，我全去了。刚命名的，多好听。你兴许又会说，你的花儿是为这开的。可你不会走路，你只会待在玻璃房子里听别人瞎嘞嘞。你去亲眼看过吗？萧红小学，窗子全用板条钉着，没几块玻璃；教室里墙皮剥落，像大水泡过似的；萧红大街就更惨了，萧红写过的那个大坑怕是还在哩，下雨可以养鸭子，一辆装满火柴盒的大车从坑里过，一颠全散了架，撒得满地满坑的火柴盒。这大概可以算呼兰城里保存最为完好的古迹了。街道的茅草屋顶上，还长着几只白得晃眼的蘑菇，又肥又大，就是萧红在《呼兰河传》里写过的会长蘑菇的屋顶，像是千年不倒地流传下去——你不为萧红落泪，还不为水坑和草房落泪？"

"……别寻根究底儿，年轻人。人岁数大了，眼睛花了、酸了、倦了，会落泪，要高兴，也会落泪。你走的地方多，还有哪块，用女作家的名字命名一条大街呢？别不知足，说到底儿，萧红并不是啥伟人，啥英雄，只是个写小说的哟……"

杜甫草堂、郭沫若故居、三味书屋、三苏祠……可有鲁迅大街呢？茅盾小学？没有没有。杭州有一条白堤、一条苏堤。它说得对，没有。该知足了。一个古老的文明国，只有英雄没有文化；有的是人没有的是钱。萧红小学、萧红大街，你来得太晚，但毕竟，你来了。为着不能忘却的纪念，为着不能忘却的历史。也许，以往那一切疏忽、遗漏、不公，你都会谅解？

"你为什么不说话？年轻人。"

"你还要问什么？"

"你见着县长了吗？那个胖胖的豁牙子。"

"见着了。他正忙着修路，贯通县城的，柏油马路，全铺上下水道。还忙着办公司、建粮仓，忙得脚跟不着地儿，倒是他亲自陪我去的故居。"

"他说什么来着？"

"他说，亏得我今年来。要明年来，街上的大坑就见不着了，他要把这'古迹'破坏了。还说，等他赚了大钱，不用再打报告求爷爷告奶奶。他动动手指头，萧红的故居就修上了。花点儿钱，把萧家散落到老百姓手里的几件家具收回来，恢复原样，再做个大沙盘，把那《呼兰河传》里有的，都给摆上。他还想着，把萧红的墓，从香港浅水湾迁回一部分来，再在西岗公园里，盖上一座纪念馆，成立一个呼兰河萧红研究会，来开会的人，顺便儿，还可以参观你！"

"参观我？"

"可不是。这豁牙子县长，说话半点不漏风。他说：那棵仙人掌，是呼兰河的骄傲；是呼兰河历史和文明的见证。怎么，你又掉泪了？"

"……这县长，他有闲空就爱上我这儿来，同我叨叨咕咕，我就知道，心里有主意，这呼兰河，要涨水了。呼兰的人，有奔头了。我这花儿，也是为他开的。他明白萧红是啥样宝贝，说起来，他爹还管萧红的爹叫老师哩……"

"你问得真够多的了，可还没给我讲萧红呢！"

"怕是我讲的，同别人不一样。"

"不一样才好，我就爱听不一样的。"

"好吧，我讲。刚才，我问了你三个题，这会儿，我答你三句话，行不？"

"行。"

"第一句，萧红生在阴历五月五，这圪有句老话：'男不生重阳，女不生端午'，她的生辰，是鬼胎。依我看，她的才气、灵气是不凡。天上地下带到人世，旁人比不了，没有这样的才，也甭求身后的名。你要好好读过她的书，就明白了，我不诳你。她死得早，死得可惜，到了也没能回呼兰河，把自个儿的魂，留在了那陌生的地儿。后人纪念她，修个屋子建个碑，是为了她写的那几本书，还有人接着往下传……"

"……"

"第二句：萧红是呼兰的闺女，呼兰河养育的骨肉，她到死也忘不了故乡。可是，她要不走出这呼兰，不走进那又脏又黑的大世界里去闯荡，她也成不了萧红。像我似的，一辈子窝在这花窖里，啥出息？萧红早不是呼兰的闺女了，她是黄河的闺女，是长城的闺女。她留下的书，是大家伙的财富。我得替她说句公道话，她那三十二年，是为别人活了，像支蜡烛，烛芯比别人都粗，火焰倒是欢实亮堂，可熬得也快，烤干了，熄灭了，留下那半部红楼，不甘不甘……"

"……"

"第三句：看你也是个女人，说就说了吧。萧红是多情的人，爱得太狠，失望的也多，那颗心，就比别人单薄。没有这多情，也没有那多恨；没有那么多坎儿，也写不出那多的文章书信。她活在这上头，也死在这上头。萧红终究是走不出自己的心，女人啊，不能太相信男人、依恋男人……"

"……"

"再来呼兰，别忘了来看我。我想，打这以后，这小花儿年年都会开着，一直开到萧红回来……"

小雨淅淅落着。西岗公园，湿漉漉的；我的头发、衣裳、裤腿，全是湿漉漉的。

当然，萧红不是呼兰的，是全中国全世界的。她心里有那么多爱，不会怪我们忘掉了她那么多年。等到她故居修复的那一天，那棵大榆树会复活么？那位忙碌的县长不会忘记自己的使命，他说过，要让呼兰河流淌过的地方，有闪亮的黄金、有不倦的生命、无边的爱、永世的情……他说要把萧红从浅水湾请回呼兰，让那个不安定的灵魂，在故乡的怀抱里永久安息……

等她回来的时候，也许再也见不着草屋顶上的蘑菇了。呼兰城里将会有很多崭新的红砖房、鱼鳞片似的黑瓦、雕花的屋檐，屋顶上站着一只只温和洁白的鸽子。

走远了，那株玻璃花房里的仙人树，在雨中渐渐变得模糊。

你这开着小黄花的仙人树，这噙着泪珠的仙人树，谢谢你对我讲了那么多话。你像一位睿智的老者，严峻而又仁厚。你是最宠爱她的祖父么？你身上为什么有那么多刺儿？

我从未见过这么神奇的仙人掌，在东北，呼兰河畔。

1985 年

鲜木耳、野韭菜花、梧桐籽

　　一家人，星期日外出郊游，或是在寒假暑假里，忙里偷闲地去度假，怎么玩法最开心呢？如果问我，我一定说：想法弄点儿吃的呗。

　　当然不是去饭店了，也不是草地上的午餐，甚至也不是野炊。野炊要带家什还得在指定地点，怪麻烦的；饭店就算了，好像只是把家里的餐桌挪了个地方。

　　既然是去大自然里风光，就把大自然玩个透彻，别老是走啊走啊地走个没完。停下来，弯腰，低下头，睁大眼，你就会发现，草地上树林里湖边溪边桥下，原来还藏着这么多好吃的东西呀。那东西，都是城里花钱也买不着的呢。若是错过，就太可惜太可惜啦。

　　我们给这种野人一样找东西吃的玩法，起了一个文雅的名字，叫作：品尝山水。也就是靠山吃山、靠水吃水之意。

　　那年夏天，和妈妈、丈夫去镜泊湖，早起来在山坡的树林里闲逛，薄雾缭绕，鸟鸣声声，露水湿了鞋，花粉沾了衣。几个人东张西望的，忽然就发现横倒在草丛中的一根根旧柞木上，落满了一只只油亮亮的黑蝴蝶，翅膀湿漉漉沉甸甸的，却不飞走。再细看，分明是一大朵一大朵肥厚的黑木耳，饱含着水分，新鲜又滋润地昂首翘立着。妈妈像孩子一样叫起来，说我这辈子还从来没有见过活着的木耳哩。丈夫二话不说蹲下就埋头收割，只一小会儿，双手就捧满了这黑色的花瓣，连手都没地方放了。3个人都围着柞木，尽挑大朵的采，妈妈拿出手帕兜着，就是见了金矿也不会比这一刻更兴奋。腿都酸麻了，好容易站起来，一抬头，却又见身后一棵直立的柞树，粗壮的树干上，竟也密密麻麻地长满了乌金般的黑耳朵。树挺高，伸手够不着，急得团团转。丈夫居然急中生智蹲下身子，示意我踩着他肩膀去采。摇摇晃晃、哆哆嗦嗦的，终于得了逞。手帕不够用了，又脱下外衣来装。回招待所的路上，三个人心满意足的笑声洒了一路，林子里传来嘻嘻哈哈的回声……

后来就走到镜子般的镜泊湖岸边，用清清的湖水把鲜木耳一朵朵洗净了，送到招待所的伙房去，请师傅做了一个清炒木耳。吃在嘴里，鲜凉爽口又滑润，咬出满口醇纯的树汁、露水和雨滴的原味，一阵阵散溢着山林草木的清香。回城后再吃用自来水浸发的干木耳，顿觉索然无味。

回到哈尔滨，陪妈妈去太阳岛。杨树林、白桦林的林深处，一派天然幽静。忽然就听丈夫发出很响的鼻吸，眼镜片在绿色的草丛中闪闪发亮——你们闻到了吗？他的样子很激动。我说你又发现了什么啊？是野韭菜，真的，是野韭菜花！你们看啊，一大片呢……

果然，星星点点的，绿色中浮游着一枝枝青白色小花，麦穗似的，腼腆地半合半闭，细长的嫩茎在风里摇曳着。轻轻一掐，那花茎"噗"地折了，溢出浅绿的汁水，空气里充满了浓烈的韭菜香。掌心里，是一朵朵夏天的雪绒花。

那天晚餐，将韭菜花擀碎了，糅在面里，只放少许精盐和豆油，烙饼。饼奇香诱人，连不爱吃面食的杭州妈妈，也一口气吃了三块。余香绕梁多日不散，嵌入妈妈衣服上头发里的野韭菜香味，被她带回江南与爸爸分享了。以前喜欢腌制的韭菜花罐头，从此侧目而视。

由此可见，游山玩水之乐趣，还看你是否善于寻找或接受大自然无偿的馈赠。

远处的先不说也罢，其实就在身边，具有可吃性的东西也实在很多。

初夏时节的颐和园，过石舫往后湖的长堤那儿走，就在玉带桥下，有许多桑树，若是赶得时候好，只见落一地紫红的桑葚儿，酸甜酸甜的，吃不了还可兜着走。昆明湖的湖堤下，石缝里可摸到一只只肥硕的活螺蛳。有一年，我们带着儿子，摸回一大饭盒，回家用清水养上几天后，剪去首尾，用辣酱炒了，美美吃上一顿。人问那孩子北京哪儿最好玩，就总说是颐和园。秋天的香山，满目红叶，视觉很饱和，眼感很满足。回程时，留心着寻找梧桐树（是那种树干细高、树叶瘦长的中国梧桐），运气好，可在树下拾得一片片船形的干叶子，叶片上布满网状的丝茎。就在"船舷"上，镶着一粒粒圆圆的浅褐色的梧桐籽。把那豆粒似的梧桐籽收集起来，回家用热铁锅炒了，嚼得嘎嘎响，香得很实沉很稚拙，比瓜子儿更有嚼头，自以为圆了童年时梧桐树下的梦。

春天没有果实，却有的是鲜花。北京城里大街小巷的洋槐树，那一串串洁白如银、冰凌似的槐花，顺手摘来，扔进嘴里，甜津津香得喉咙直想打喷嚏。据说还能用来烙槐花饼，我因不善面食只得作罢。槐花饼便成了我多年心向往之的"野生食物"。

每次出去玩，总有新的发现。大自然草木葳蕤，生命彼此在无言地交流和循环，漠视它们忽略它们真是罪过。不经意地，又觅见路边苍劲的柏树，缀着一串串银灰色的柏籽，饱满得像一粒粒珍珠。想起一味中药，叫"柏籽养心丸"……却不敢随便采来吃了，种植的树，不比野生。玩乐之中，还有几分恋树的爱心。

有时候，连自己也奇怪，如今又不是三年困难时期，每天按着营养食谱吃饭，却是鱼肉无味，只思野菜。城里的人怎么就越吃越馋了呢？

解馋的出路之一，自然是去品尝山水了。

一家人，星期天节假日出游，饱览山水风光，恨不能把大自然的好空气，都吞咽入五脏六腑，才算是同那山水融成了一体。污浊而拥挤的城市，正在一日日损坏着我们的感官和味觉——到野外去吧，去弄点儿吃的！去找桑葚儿、梧桐籽和野韭菜花，那短暂的惊喜会给我们长久的回味。

1985 年

亲近自然

客人来访，性情各个不同。有直爽旷达的，也有拘谨腼腆的；有对房间装饰津津乐道的，也有两眼直往书橱里搜寻的；还有一种人，就只对墙上屋角的装饰品或是花草或是艺术饰物感兴趣，围着你转来转去地问这一件或是那一件。

每当遇到这一类客人，这一类走来走去走不出自己心里那个艺术世界的人，我顿时就容光焕发起来。

那是什么呢——曾有一位朋友指着玻璃酒柜中一对白色的小瓷瓶发问。那里插着一些奇怪的叶片，像一丛植物的干枝，然而枝子顶端却长着一片片铜钱大小、洁白的椭圆形叶子，叶片上隐隐可见丝丝茎痕。但说是植物，又实在可疑——那叶子的质地犹如白绢一般柔韧，丝绸一般润滑，夏日里感觉凉爽，冬日里却又散着温热；银非银，玉非玉，忽闪忽闪地发出灼灼的亮光……

猜猜！我很开心能有机会来对我的客人进行智力测验。

有人猜是贝雕，也有说是云母雕，还有认定是绢花无疑，猜来猜去，都说没见过。听说是我从法国带回来，眼神就迷茫了。

面对众人的莫名，我心满意足地抖开"包袱"，笑嘻嘻讲一个远方的故事。

那年去法国访问，在巴黎一位朋友家的客厅里，第一次见到这种我叫不出名字的东西。它们插在一个大花瓶里，一大丛，银灿灿几乎把我的眼睛晃得睁不开。初时我也以为是一种工艺品，用手触摸，指间却传来一种触摸植物才有的质感。朋友说这确实是一种欧洲特有的植物，植株不高，有圆圆的叶片，到了秋天，在它的叶片还没有干透的时候，轻轻剥去叶子两边的绿皮，就会露出中间这一层银白色的薄膜，明亮如蝉翼，单薄如笛膜，上面还嵌着一粒粒小小的扁扁的种子。细心剥离完毕，它们就是现在这个样子了，没有其他任何加工。她还说了一个它的法文名字，我没有记住。只记得她很悠然地扬起头说：呵，它们像一片被阳光照耀的白云，是吗？

时隔不久，我去巴黎郊区看望我的法国女友玛丽。她家的客厅里也插着一大丛那银白色的叶片。不是，是好几丛。下午我们在她家的花园里喝咖啡，忽然我看见草地上一丛绿色的植物，就像是那银白色的叶子穿上了衣服。我很兴奋地跑过去，我说这个就是那个吗？玛丽说是的。我庄严地弯下腰，犹如面对一件圣物。它的叶片新鲜而饱满，紧紧裹合着像是深海的蚌含着珍珠。我小心翼翼地撕开一面的叶片也从此揭开了一个"秘密"，一个关于寻找自然的秘密——一个纯洁无瑕未被污染的婴儿从我的手中诞生。

玛丽说，你很喜欢它们？你可以想办法带回北京去。白的、绿的、花瓶里的、花园里的，一定要带两种。

就这样，找一只大的纸盒，用手拎着上飞机，万里之遥，居然一点没损坏。

客人问，闹了半天，这也不是什么贵重的东西，费那么大劲？

我说：我喜欢。我就喜欢天然的饰物。你们看我家几乎没有假花。

窗帘盒上垂挂下瀑布般的绿帘，是一种叫作鸭跖草的植物。常有人伸手去摸，那种湿润而柔软的手感，这使人相信它是真的；窗边一束红色的铃铛花，也是我从加拿大带回来的干花；还有一只褐色的大鸟，是我从温哥华的跳蚤市场买来的一件木雕，从鸟头到脚趾用一根木头做成，线条流畅而圆润，鸟首高仰，绅士一般伫立，身上的羽毛由木头的自然纹路构成，一圈一圈的，或深或浅，也是木头本色；我还在德国买过一套木头制作的盘子，一大四小，都用原木囫囵雕成树叶的形状，看上去朴实而别致。每次出国，买的都是这一类国内市场不易见到的"天然"艺术品，价廉物美。有一次在旧金山渔人码头看中了一个用椰子壳和各种海里的贝壳、珊瑚石串成的风铃，一阵风吹来，风铃便发出小溪流水丁冬的响声，犹如海底传来的音乐。风铃标价9美金，我毫不犹豫地买了下来。每次朋友陪我去逛市场，我总是在那些各式各样的玩意儿面前流连忘返，挪不动步。朋友开玩笑说，哎呀，想不到你就对这些没有用的东西感兴趣。

我还有一块宝贝石头，是1985年在西柏林看一个荒诞剧时入场的"门票"。石头鸡蛋大小，长方形，有灰蓝色的天然条纹，上面画了一只白色的眼睛，意即回归自然。入场时有人在门口拎着一只铁桶"收票"，将戏票收回。我在匆忙中竟然没有理会，一直到散场还紧攥着石头不放。事后便索性带回国内，从此供奉在书房里与我日日相见。每次外出旅游，捡一大堆奇形怪状的石头，千辛万苦地带回来，塞得屋角处处都是。去年游泰山，得到的一只用天然三叶虫化石加工而成的笔筒，也是我的心爱之物。

然而在这个小小的艺术天地里，我最喜欢的，还是那一幅与丈夫共同"创作"的镶着加拿大枫叶的镜框画。

银灰色铝合金镜框，内衬白色框底，一片深红色巨大枫叶，几乎占据了整个画框。六七年过去了，枫叶依然鲜艳如初，浓烈而厚重的红色层层叠叠，犹如用油画的颜料涂抹，一笔笔充满立体感。远远望去，如一柄火炬高悬于乳白色的墙上，呼之欲出；亦如一丛秋天的金红色的柞树，飘来原野上山林里成熟的气息。

这个镜框差不多吸引了所有客人的目光。人们仰视它欣赏它，细细观察，便会发现它实际上是由几十片小枫叶拼组而成，是真正的枫树上的枫叶。它们被按照枫叶原来的形状，一片片环绕重叠，小心翼翼地拼成了一片鲜红的"大枫叶"。比单片的枫叶放大了几十倍，连枫叶原形上每一个细小的锯齿和沟渠都清晰而逼真。

有人说，这枫叶真红啊，国内很少见到……

我说是的，它们来自加拿大，是"正宗"的加拿大枫叶。

记得那个清新而凉爽的早晨，我穿过被露水打湿的草坪，信步走到山坡上那一片高高的橡树林子边。这是温哥华海峡对面的维多利亚大学的专家楼周围的花园，玫瑰开得热烈而疯狂，坡上的成熟的苹果落了一地。我抬起头，看见阳光金子般投射在前面的一棵枫树上，枫叶如同火焰一般燃烧。我不由自主地朝着那棵树走去，我蹲下来匍匐在散发着苦香的草地上，我在那儿待了很久，露水洇湿了我的裙边。当我站起来的时候，手里攥了厚厚的一沓枫叶，柔软、轻盈、湿漉漉的枫叶，如同一盏盏红灯笼捧在我的手心。我飞跑过草地回到我的房间去，我把枫叶一片片擦干，小心地夹在书页里。我捡起它们只是因为我喜欢。那个时候我绝不会想到日后它们会变成一幅天然的图画。

后来呢？

总有人惊异它巧妙的构思从何而来，好奇地询问后来的故事。那是一个冬天的夜晚，在北京的家里，我无意中翻出这沓枫叶，我和丈夫似乎都同时感到了它独特的魅力。我们决定把它们制作成一片大枫叶，那是丈夫瞬间的灵感，来自加拿大国旗图案的启示。我们从一开始就给自己规定了条件：必须"手工制作"，不使用任何工具，比如胶带胶水或是针线，当大枫叶的图形拼成后，用玻璃板将其压平，加固，让它们自然而然地紧紧叠合在一起，呈现着树上的姿态。

如今，它们静静地悬挂在那里，已经与我们共同度过了四个金秋，含蓄而沉稳的殷红色，鲜艳如初。

在枫叶的右上角，点缀着一片圆圆的香山黄栌叶，像一个小太阳，令人想起维多利亚大学那个清凉的早晨。

1992 年

营造小窝

南窗口，高大的洋槐巍然；北窗外，泡桐肥硕的阔叶，已快撩着六楼人家的窗台。

椿树细密、桃树葱茏、珍珠梅秀气、绿篱青翠；春天丝丝缕缕飞飞扬扬的花香，夏日层层叠叠清清凉凉的绿荫，秋季高高低低灿灿烂烂的金黄，总是轻柔而温存地环绕着这幢普通的楼房。站在阳台上，随时可有惬意的欣赏；到了傍晚，灯光阑珊树影婆娑，悠悠地散步去，有一种在森林里穿行的感觉……

身在钢筋铁骨的都市，只要还有绿地、有树木、有大自然的气息，心就会安定下来。从刚搬来时楼下的院子还是一片黄土地，我们就暗中决定，要在楼上的小窝里，营造一个属于自己的绿色小天地。

楼下那偌大的一片空地，在这短短七年，被学院的园林工人培育成为一个郁郁葱葱的小花园。也许，我们和小花园之间一直在进行着一场无形的竞赛。

刚搬进来的第一天早晨，睁开眼环视新家，一个问：怎么样啊？另一个说：我看不怎么样。

窗台上，孤形单影地放着唯一的一盆三叶梅，淡绿色的碎叶上浮着一层粉红色的小花，在房间里庞杂的家具中，挥发着仅有的灵气和生动。阳台上空空如也，萧瑟的北风刮得窗外的槐树呜呜作响。春天吧，他说，等春天的。

第一个春天，他不断地从花店和市场买来一盆米兰、一盆龟背竹、一盆蟹爪莲，又请木匠做了专门的花架。因着这些翠嫩的绿色，房间里顿时生动起来。还从他父亲家里搬来一盆可垂挂的绿叶植物，后来经一位学生物的女朋友鉴定，是为鸭跖草。于是横向纵向绿得很立体。室内花园初具规模，只是除了三叶梅，仍然无花。

一日他早起锻炼，回来时手里攥着一把小草，茎上支着一根根浅绿色的肉刺。他说早就发现花圃的土堆上，散落着一丛丛小草，俗称"死不了"，想必是去年散落的种子，自己生长出来的，反正也没人搭理，挖回来在阳台栽种最合适。我说这不就是"太阳花"吗，一插就活，天天早上一开一大片。果然，那些不起眼的小肉刺埋在土里，不几天便繁衍弥漫，将小小的花盆撑得满满的。又过些天，从每枝叶茎的中心鼓起一个个饱满的花苞，清晨的阳光刚投上窗边，一溜的红黄粉紫开得轰轰烈烈。走上阳台去，好像听见它们喊喊嚓嚓的说话声，应和着槐树上的鸟叫，热闹得可以。

于是两个人不约而同决定在阳台上重点发展草花，尤其是爬藤的牵延作物。可惜已是暮春，四处搜寻种子而不得，只在邻人处挖得一棵苦瓜秧，还有几棵一串红的小苗，来者不拒全都栽上了。有一天发现从花盆里又长出了一棵粗壮的小草，舍不得拔去，待其稍稍长大，发现竟是一株鸡冠花，也一并收养了。

那一春一夏的苦心经营，尚处于初级阶段的阳台花园，到秋天居然也琳琅满目。苦瓜结出好几个脆生生的果实，任其老在枝上，表皮变得金黄，终有一日炸裂开来，露出内里红色丝绒般的卷角，如金钟高悬，盎然生趣。太阳花疲倦地耷拉下它赭红色的肉茎，顶端花蒂的种囊已经干透，爆出黑芝麻粒般细小的花籽。我用一张张白纸接在盆边，拿手指轻轻一弹，花籽淅淅沥沥落雨似的撒向掌心，麻痒痒的欢悦传遍全身。再将那花籽分别包好，写上红、黄、紫、粉的字样，明年请它们再来做客。

自此懂得了花籽的重要，提前便开始物色准备。老早就看好了他父亲家院子里一架烂漫的牵牛花，也专门去采了花种来。在我的记忆中，几乎从未见过那么大朵的牵牛花，粉紫色，娇艳婀娜，爬在墙上，一长串地蔓延开去，像一片彩云，飘飘荡荡、轻轻柔柔，很是炫耀。第二年夏天，碗口大的粉牵牛花，飘到了我家的阳台上，从此安营扎寨。牵牛花热爱早起，开在清晨，睁开眼就见一片灿烂霞光。也许偏爱它那种轻松自在的神态，几次他都想要改种茑萝，我却执意不允。如今牵牛花已是我家的"留守女士"，风风雨雨地攀着细绳远远眺望。

有一次去探访宗璞大姐。她家的院子里种了一片茑萝，用细竹搭了一扇架，拉上一根根麻绳，茑萝一圈圈攀爬，缠出一片清清爽爽的细藤，一节节缀满了鲜红的小五星，像是一排别致的屏风。便向宗璞大姐讨了种子，眼巴巴等着它纤巧的小手来抚摸。第二年春天早早种下了，但是长出来的小苗却十分可疑，全无一丁点儿茑萝的形状。特意请了花匠师傅来做鉴定，结论是"苋菜"。赶紧报告宗璞，她家的茑萝会变苋菜。宗璞忍俊不禁，判断是拿错了花籽。由于我热爱茑萝心切，又跑一趟北大取种，再次播下。也许误了花期，那茑萝长得病病歪歪，勉强爬了藤，开了几朵小红花，却总像个林妹妹似的愁眉苦脸，后来染上了白斑病，只收了几粒细弱的种子，来年并没有发芽。于是茑萝的历史暂告一段落，只留下一个美丽而柔弱的梦。

茑萝引进不成，他的扩建项目却日益增多。从他父母家剪来一截金银花藤，说是可以扦插。又是盖塑料薄膜又是不厌其烦地搬上搬下，居然发出芽来，春天还很听话地攀着绳子走了一个绿色的8字。到了冬天，只管将它在阳台上扔着，盖些挡风的纸壳，看上去枯藤干枝的像是死了。金银花学名忍冬，第二年早春，青草尚未发芽，它便早早地绿了，浇上些水，就一个劲往上蹿，很是"皮实"。然而，金银花长势虽好，却一连三年不开花。等得不耐烦，趁他出门一年半不在家，开春时我干脆到市场寻找了一株大棵的，换进原来的大花盆中，待他回来，已是一片繁茂葱翠。那年的金银花，竟开疯了一般，早晨一片银白，黄昏一片金黄，中午时一层绿叶夹一层黄白相间的碎花，犹如一幅厚重的波斯地毯。他出出进进，故意抽着鼻子做深呼吸，得意地说好香真香啊，你看它不是开花了么？

忍冬不怕北方冬天的寒冷，可其他的盆花，入冬前就得统统搬回房间。盆花入室可是件麻烦的事，一春一夏的尘土，得一片叶子一片叶子地揩擦干净。但因了它们，冬天不再寂寞——虎刺梅，亦名圣诞花，专在隆冬时节开放。长满硬刺的枝条上，伸出一节节短短的小茎，四瓣的花形似乎有些方正，血红血红地翘立着，十天八天不谢。水仙总是不可缺少的，却因为不忍切割，叶片年年狂长，高得像青蒜一样。有一次他居然还在摊上买到两盆北方罕见的兰花，清香淡淡弥漫，幽灵般在空气中走动，疑是回到了江南老家。龟背竹也称透叶莲，硕大的叶片如伸开的巨掌，一年一层，掌间有长长圆圆的孔隙，绿伞一般撑在我头顶，时时疑有水珠滴下。春节时，轮到君子兰独占鳌头，品种虽平常，开花时仍是惊天动地的辉煌，仙鹤一般飞来，含着永远高贵的微笑，俯视众生。有一年竟然一冬一夏花开两度，却又从此消失在绿色的云彩里，播下至今未解的神秘。

米兰在深秋入室后，还会最后一次开花。金色的小米粒微微启开，香气穿墙而去，经久不散。他最宠爱米兰，每天任是再忙，也不忘给喜光的米兰移动花盆追寻阳光。然而北方的冬天过于干燥，米兰一天天落叶纷纷，他的情绪一日日低落。无论喷水还是买了空气加湿器来全力抢救，都无济于事。冬季将尽，米兰已如脱毛的公鸡，叶片所剩无几。这是他一年里最伤心的日子。熬到开春，把米兰挪上阳台，干烈的春风一吹，米兰便急剧萎靡，不几日终于香消玉殒，云魂飞九天了。多年来，米兰过冬一直是他的重点"攻关"课题，每年总有青翠欲滴的盆栽米兰，从花店走上我家的阳台再到窗台，最后变成一堆枯枝从垃圾通道回归自然。今年又有三盆米兰怀着新的希望入驻，但愿它们能够越过冬天，在此长驻久安，为我们送来甜甜的浓香。

所有所有的家养盆花之中，最使我们洋洋自得也是最令客人惊异的，不是什么矜贵的名花，而是从一开始就"移民"来此的那盆碧绿的鸭跖草。高高地供奉在书架顶端，垂下孔雀尾巴似的长长的茎叶，冬夏四季长青。那还是搬进新居的第二年春，他忽有一日望着木制的窗帘盒久久发呆，突发奇想说，嗳，我有一个绝妙的主意，准保让你大吃一惊——旋即去买了五六个极小的瓦盆，填上土肥，将原有的鸭跖草掐下一截截叶茎埋进土中，搁置在窗台上。一夏天眼看着那一撮撮绿芽迅速膨胀，葡萄似的噌噌往下垂挂，到了秋天，叶片肥肥大大，已是绿屏一般丰厚。他露出诡秘的笑容，双手将那一只只小花盆托举进屋，登上写字台，把它们一个个放进窗帘盒盖与天花板的空间里，竟是不长不短的正合适，再一溜排开，梳理羽毛一般整理完毕，然后跳下地，说声好，十分自得地抬起头——

窗外正是落叶纷纷，这里的窗口，却奇迹般地出现了一片绿色的瀑布，密密匝匝地从天而降，欢欢地流淌。叶片恰好垂在玻璃中间，窗子就像一个巨大的画框，镶出一幅夏季风光。

从此我便在这绿叶的包围中，伏案而作。瀑布一日日源远流长，亦如神话里的那个长发妹，墨绿的长发流苏般蓬勃伸展。到来春，已将近长至窗台，待到槐树发出新芽，便把它们搬出屋外，换土、掐叶、栽种，重新如法炮制。又一个秋，又一个冬，瀑布归来，重又一泻如故。我说，我说它是条季节河。

有客人来，总会情不自禁地拿手去摸一摸叶片，然后说："噢，是真的呀！"

当然是真的。如果不是真的，又何必花费这多的时间和辛苦？

辛苦中最讲究的，是肥。北京人养花，喜用麻酱渣。一块钱一袋，摊上就有卖的。还有马蹄掌，剪碎了作底肥，含磷极多。我们又发明了米泔水，每日淘米，将泔水存下，发酵一两天就可用。他说北方的水多含碱性，酸性的米泔水可起中和作用。果然肥效甚好，成本也低。此法持之以恒，经久不衰。隔三岔五地杀条活鱼，洗鱼水也是最佳有机肥之一。但是冬季盆花入室，就只能暂用些无异味的成品肥料代替。曾有一位老人来访，恍然大悟地说，冬季施肥就像老年人仍然需要感情一样。

养花至今，已有不少品种陆续南下，被我杭州的父母"引进"——在杭州家里的阳台上，如今金银花枝繁叶茂，终日花开不断，香溅四邻。太阳花也团团簇簇地凑趣，日日替我陪伴父母，也算是一尽孝心。鸭跖草几乎长成一片绿洲，大有失控的趋势。

七八年过去，新居已成旧舍。阳台角落上一盆小小的昙花，正若无其事地用手背搭着令箭荷花，策划着它来日的偷袭。那棵红艳艳的扶桑，枝头缀着几托今晨新绽的骨朵，在秋风中领首摇曳。

养花虽说一直由他承包，我毕竟时时参与，也颇有心得。每天坐在家里工作，营造绿色的小窝，创造舒适宁静和朴实自然的气氛，已成为我们心灵的需求，或是一种生活方式。从小苗出土到鲜花盛开最后采集种子，年年带给我们对春天的期盼，以及写作以外另一种创作的乐趣。

1993 年

红树林思绪

　　仰慕已久的红树林，在温煦的海风中，终于跳入眼帘的那一刻，我忽然觉得仿佛有成群结队的绿色海妖，正从大海里冉冉升起。

　　它们湿漉漉、水淋淋，犹如浑身缀满了细密的珍珠，串串珠链从树干和叶片上流淌下来，在阳光下发出莹莹光泽；它们肩并肩、背靠背，胳膊和手指互相勾连，用足尖在光滑的海涂泥滩上踩出一个个脚印儿般的气孔。它们绿油油、翠生生，裹着海底世界千年万年的精气，像一块块绿色的珊瑚礁，为海岸线镶上了一道长长的丝绒镶边。

　　红树是湿地的特色植物，相传在地球的亚热带地区，一些原本生长在陆地的有花植物，进入海洋边缘后，经过极其漫长的演化过程，形成了在潮间带生长的红树林。它们来自更远的南洋群岛么？在炎热的海洋季风中，越过了浩瀚的南太平洋，最后被海南岛琼山市东寨港沿岸的海滩所迷醉，忘却归路纵跃登陆，在此安营扎寨。它们摈弃了人满为患的旧港肥田，而选择了贫瘠的盐碱滩涂，另辟蹊径。它们是真正富有竞争意识的智者，在这寸草不生的荒滩上，重新建立了自己的家园。

这种在潮涨潮落之间，因受到海水周期性浸淹的木本植物群落，因其富含"单宁酸"，树皮割开后呈红色。不仅裸露的木材显红色，而且砍刀的刀口也变成红色，故称"红树"。红树的木材、树干、枝条、花朵都是红色的，树皮的提取物可制作红色染料，马来人称它的树皮为"红树皮"。因此，红树林名称只与树皮有关，而与花、叶颜色无关。

这片延绵 54 公里的热带海岸潮间带，被 1833 公顷葱郁茂密的红树林群落所覆盖。海妖摇身一变，变成了灌木、变成了乔木。红树有的取名红海兰、有的取名海榄雄，还有叫水椰、秋茄，台湾称为红茄苳，多达 28 个品种。就像几十个独立分散又簇拥相连的原始部落，相安无事悠然自得。天然质朴，奇异珍贵的红树，如今已成为海南风光中独一无二的自然景观。

每日涨潮时，滩涂上的红树林，渐渐被一寸寸涌动上升的潮水吞没，红树便一寸寸地矮下去，像海妖的沐浴，最后整个儿酥酥地淹没在蓝色的浴缸里，只露出绿色的树冠，颤悠悠地浮在海面上，酷似一只巨大的海碗中新沏的绿茶，更像海上盛开的绿睡莲。那绿色镶嵌在深蓝色的托盘上，又衬在蔚蓝色的天空底下，天上地下都是柔柔的蓝。上下左右弥漫无际的蓝色中，红树林的绿，从蓝色中脱颖而出，有着祖母绿一般纯净的质地和安静的品格。

退潮时分，红树林便如出水的绿芙蓉，缓缓褪去浅蓝的轻纱，从银色的海滩上笑吟吟地站立起来。水珠一滴滴地从它的身上溅落，它抖动着翠绿色的叶片，裸露出碧玉般的身躯。每一片椭圆形的树叶，纤尘不染、一无杂质，厚重柔韧、光润鲜活，充溢着海浪般澎湃的力量，散发着阳光炽热的气息。每一根纤维中都浸透了水分，每一个细胞中都蕴积着水汽。潮涨潮落，海水每日不倦的洗礼，在它的叶上一层层涂抹着珐琅质般的绿釉；于是红树林的绿色，永不衰涸、永不萎黄。

陆地的荷塘有莲、河中有草，水中的绿色，原本不足为怪。

但红树林不是草，而是树。水中之树，海中之木。红树林的绿色，被大海养育、又被大海保鲜。若不是海妖的魔术，红树林怎么能在苦咸苦涩的海岸滩涂上，生根发芽，化腐朽为神奇呢？

它们的脚尖就直直地插入在退潮的海滩上，漆黑的树根被残留的海水涂得发亮，如同海妖一双双形状各异的舞鞋，在平滑的泥浆上旋转出一个个或圆或方的足迹。那树根疙疙瘩瘩、瘢痕累累，一坨坨形如斑贝、一片片盘根错节，每一种不同形状的树根和叶片，便是不同的红树品种了。

小船在被海水冲刷而成的河道水巷里穿行，两岸都是密密匝匝、郁郁葱葱的红树林。林深处密不透风、阳光闪烁如针。时而可见一株株粗壮雄伟的独立乔木，立于江南茶园般连片的低矮灌木之中；又见甘蔗林青纱帐般的树墙扑面而来，河道急拐，眼前却是几丛敦实的红树，如大陆的翠竹桑林，一色铺排开去……

只一片红树林，竟把天下植物的风光都收尽了。

红树林茂密的港湾，水波不兴平静如镜。蓝的水、绿的树，偶有不知名的飞鸟，掀着斑斓的彩翼，嘟地从空中掠过，水里有如划过一道彩虹。

再低头细看那红树的根部，四周围有粗壮的须根，像坚实的圆柱支撑着宏伟的大厅，稳稳地立于稀湿的淤泥之中。潮来潮去，风啸风息，它的根系犹如一只只遒劲的鹰爪和铁锚，牢牢扎于海底的礁石。它用树根编织成一道不朽的箍网，自愈自生，日日常新。

凡有红树林的海岸，就有了天然的屏障和堤防。

它喝下苦涩的海水时，定是把海里的盐分，都用来为自己被风暴侵蚀的创口疗伤了；定是把水中沉淀的浊物，都化作了自己生长的养分。

若不是海妖的绝技，红树林的种子，怎么能随生随长，落地生根呢？

红树开花时，或白或黄，双朵并蒂。花瓣四枚，精巧细密，满树繁花藏于叶后，不喧不闹。花静静开着，种子也悄然而孕。然后从果实的底部，渐渐伸出一支细细的绿色胚根，一天天饱满，呈纺锤状，又似山顶洞人的骨针，针尖朝下直指海滩。

待到成熟的日子终于到来，那种子被地面强大的引力所吸，脱离了它的母体，向湿润的滩涂猛地射去。只一个瞬间的弹跳，橄榄形的树种似有神助，一个冲刺，便立锥一般扎于淤泥之中了。它的身子绷得笔挺，就像从高低杠上飞身直下，稳稳落地。

细细聆听，可听得它将自己播种入地时，那"啪"的一声。如鸟惊雁过，融雪滴雨，极轻微又极壮烈。那极小极小的精灵，在海水里挣扎，它若是没有及时伸出自己的小手把海滩抓住，就被海水带到陌生的远方去了。

东寨港偌大的红树林，每时每刻都回荡着红树种子落地的声音，噗噗犹如雨滴瓦檐，咚咚如雹打芭蕉。更像是海妖急促的呼吸，与海浪的拍打汇成奇妙的歌声。

正午时分，可见一株株红树小苗，从退潮后的滩涂里悄悄破土而出，摇摇晃晃地站立起来，就像大海送来的礼物。当涨潮的海水覆盖了海滩时，没有人能够看见红树的幼芽，因为它恰是在被海水淹没的时候，在没有阳光的黑暗中发力的。它那么弱小却又那么顽韧，一直在水下耐心地潜伏，等待阳光穿透海面的那个时刻，等待潮流退往大海深处。它在黑暗中摸索通往海岸的路径，然后在海水中一点点生长、再朝着天空一寸寸伸展；最后繁衍壮大，成为海中的一棵树，成为很多很多海中之树。

海水可以磨去礁石的棱角，海风可以将山岩化为齑粉，但海水与风暴却成就了红树林。红树林是活的生命，植物生命有时比岩石更顽强更坚韧。

在海洋与陆地的边缘地带，绿色的海妖托起了一座不沉的绿岛，海南岛。

1996 年

滴水葡萄沟

进入吐鲁番盆地以后，地面上的河水好像就突然消失了。

由火焰山归来，再走交河古城，遍野赤地，满目焦黄，赭红色的岩石上留着燃烧的痕迹，残墙断垣的每一粒沙土都烫得咄咄逼人。荒山秃岭如同红毛怪狰狞邪恶，被那亿万年前的一把天火烧得扭曲变形。谁都不曾真正见过那场远古的烈焰，但艾丁盐湖却仍被火的余威一日日吸尽烤干……

车子穿过大山间魔障般的浮尘燥土，不慌不忙驶入一片平缓的谷底。

那山沟干瘪瘦弱，在阳光下像一条晒干的腌鱼。

忽然就有凉爽的风拂面而过。风里隐含着一丝水的湿润，舌尖也沾上了甘甜的气息，远远地有芳香的果味淡淡飘来，仙乐似的稍纵即逝。

水汽萦绕不去，绿色便冷不丁登场了。一点、一丛、一树，一排，突如其来，铺天盖地，顷刻便衍生成一片绿色的绒毡。

那绿色团团族簇，一扇扇绿窗似的悬着，缀着嫩绿色的窗帘，继而织成丝毯一般的绿墙，屏风似的挡了去路，人行其中，如同得了穿墙术，在草绿色的流苏中恣意穿行。再往前，绿色已凝固成一片屋顶，架起一座绿色的长廊，九曲回旋，一道道重重叠叠。脚下的光影是墨绿的，踩着绿色的波浪在走；头顶的天空是翠绿的，披着绿色的云在飞——大漠戈壁上也有绿色的云么？这里是吐鲁番的葡萄沟。

　　那是一座真正由葡萄构筑的绿色宫殿，绿荫下随意散落着一张张圆桌长椅，摆满了美酒佳肴。宫殿的墙是柔韧而密实的葡萄叶做的，有着翡翠的质感；宫殿的穹顶上缀满了珠珠串串的无核小白葡萄，像夜空闪烁的星星，但它们亲切平易，唾手可得，不似星星那么遥不可及。你若向着宫殿的任意一个方向伸出手去，除了葡萄以外，指尖不会再碰到别的；你闭上眼睛，那绿宝石的荧荧亮光依然穿透黑暗，为你导引西域之路。

　　这究竟真是那种叫作葡萄的水果，还是玉石深处潜藏的一汪水胆呢？

　　进入炎热干旱的盛夏，葡萄已经真正熟透，身体中饱含的新鲜汁水，即将把它透明的皮肤胀裂，只须轻轻一碰，它内心喷薄欲出的激情就要爆发出来。那激情是清澈而又黏稠的，能把人的心粘留在吐鲁番那个地方。

　　它几乎不是被我送入口中的，而是像一勺琼浆玉液，轻轻地滑过咽喉，甚至不忍用牙齿伤害它，只用舌迎接它，它便像雪花似的融化了。

　　那分明已不是叫作葡萄的平常水果，它是一个个透明的水球，一粒粒晶莹的水珠，披一层白银似的霜花，珠珠串串，凝固着悬挂着，随时都会坠落下来。

　　吐鲁番的葡萄是用水做的呵。

那个时刻，我听见了滴水的声音，像是从黄昏的寺院中传来的钟声，抑或是清脆而沉稳的木鱼敲击声，在宁静中传递着永恒，声声不息……

然而我寻不见它的来路，它从坚硬而粗粝的沟崖中钻出来，从棕褐色的岩石上渗出来，一丝一丝，一滴一滴，在干涸的石缝中开凿着自己隐伏的通道。水滴石穿，水到渠成，紧靠着山崖的角落，汩汩水滴铺就绒绒一片苔藓，葡萄架下，似有细密的雨丝一阵阵袭来。吐鲁番的天地虽然旱燥，而地下之水已汇聚成泉，泉已汇流成池，池已汇融成河。

细水长流着，将整个翡翠般的葡萄沟透透地滋润了。

那座偌大的葡萄宫，已被无数条曲曲弯弯的水渠，分割成了一座座小绿岛。

地上是悠悠小河的长廊，空中是青青葡萄的长廊，天上地下郁郁葱葱。吐鲁番的葡萄沟，莫不是把江南水乡挪来了么？

方知这葡萄沟原来是一个绿色的魔瓶，千年百年间，将火洲方圆百里的甘泉清溪，都吮吸净尽了。

从天山下来的雪水河，为了躲避太阳，早就转入了地下。人说吐鲁番的水是以坎儿井的形式存在，只在地底深处流淌。

我却说不。我说，吐鲁番的水，不再以水的形式存在，而是以葡萄的形式存在。葡萄收藏了水再奉献水，水和葡萄从此生生不灭。

我又说不。我说，吐鲁番的水已化作了葡萄，那是水的灵魂。吐鲁番的葡萄以水的灵魂再现，一粒有灵魂的种子，已将生命的源泉随身携带。

1997 年

夏威夷果岛

夏威夷茂宜岛。

名驰天下的夏威夷果，就散落在树下，随随便便地掉了一地。果皮是青绿的，乒乓球大小，除去坚硬的外壳，乳白色的圆形果仁裂成几瓣崩开来。夏威夷果树有点像中国的枇杷树，叶肥厚，圆圆的果实隐在树叶中，不轻易示人。密密的树林在海岛深处，无穷无尽地延伸下去。若是走进树林中，低头细辩，才见眼前落果遍地，圆果果像台球桌上的彩球溜溜乱滚。林中隔不远就堆着一只只满满的麻袋，远处有弯腰的身影掠过，是岛上的捡果人。

夏威夷果取之不竭，果树们好像天天都在开花，天天都在结果；没有发芽的春天，也无所谓丰收季节，任你在岛上的哪个角落，随手摘些果子就可开饭。可惜岛人的繁殖力比不过疯狂生长的植物们，机械无法捡拾树下地上四散的那些小圆球，所以，采摘夏威夷果，人手永远是不够用的。捡一袋果子的工钱不菲，如此原始烦琐的手工劳动，放在中国不是什么难题，但在美国的夏威夷，常常眼看着树上的果子钻入泥地，一日日烂在土里，加工厂的老板们也无能为力。这才明白中国市场上，那种油汪汪脆生生香喷喷的夏威夷果，卖得好贵的原因，不是果子的错，是人的错。

番石榴就完全是另一番景象了。除了华人中的广东人，很少有人会对它多看一眼。它的果实几乎没有什么肉质，酸涩少汁，其味怪异。几年前，我曾在海南岛尝试过一次，实在不敢恭维。但在夏威夷茂宜岛的一条山沟里，漫山遍野竟然都生长着这种番石榴树，成熟的果实呈金黄色，外形似橘似梨，比中国石榴小许多。它们看上去很苗壮，村姑农妇般布衣素裙，一副自得其乐的散漫。

早年的夏威夷岛其实没有番石榴。番石榴来自中国，是 100 年前到美国卖苦力的华工，从广东福建一带漂洋过海带来的。他们带来的是番石榴的果实，自家门前树上长的，不用花钱去买；那家伙命硬，颠簸多远的路也不坏；有它在路上解渴充饥，呷着酸涩的家乡口味，千里万里的旅途，就像老婆伴在身边了。

他们把吃过的番石榴籽儿，在岛上随随便便一扔，不多久，番石榴的树苗长出来了，过了几年，他们发现树上挂满了中国的番石榴果。他们吃了这种中国果，又把籽儿扔在了别处；再过了许多年，岛上遍地都是番石榴树了。如今茂宜岛和火山岛上，只不过定居着百十个华人，还大多是混血。华族的后裔也许不再吃番石榴，但番石榴作为夏威夷岛的一个新物种，从此生生不息。这种关于果实迁徙的过程，是否可以看作自然书写的历史教科书呢？

木瓜是岛上一种最常见最受欢迎的水果。那果实其貌不扬，类似中国大陆十九世纪六十年代常见的菜瓜，形状和瓜皮颜色都有些蠢笨。将冷藏过的木瓜切开，刀下闪过一片红光，有了喜庆的气氛，那瓜蛋里竟藏有鲜红饱满的果肉，质地比西瓜细腻。瓜瓢中密密麻麻塞满了瓜子，圆溜溜的小黑球，黑鱼子一般。用勺子抠去瓜瓢，再舀起瓜肉来吃，香甜清凉，蛋羹似的滑溜，爽口又熨胃，真的很好吃。还有面包树、懒人果和杨桃呢，岛上植物园商场门口的柜台上，各种水果切成一盘盘的随便放在那里，旁边有牙签，可自己挑选着戳来吃，都是免费的。奶油果的颜色很怪，一层绿一层褐，像夹层蛋糕，初入口竟有中国松花蛋的味道，留在舌上，则是满口奶油的余香了。最喜欢一种名叫"南瓜莓"的小果子，密密地挂在树上，远看像一片小红灯笼，摘在手心上，玛瑙一般红得透明，杏子大小的扁圆形，周边有一轮一轮的凹槽，果然像个袖珍的小南瓜。果皮薄如熟透的西红柿，中文译成个南瓜莓，形神兼备的，倒是恰如其分。

就连茂宜岛市中心海滨大道，那棵137年树龄的大榕树上，都挂着一嘟噜一嘟噜红彤彤的小果子，老榕树悬珍珠果，平生第一次见到，差点疑是红珊瑚了。

有树有果的地方，是鸟的天堂。五彩的小鸟栖在枝头，变成了会唱歌的果子。

从檀香山市所在的欧胡岛到火山岛，再到风光旖旎的茂宜岛，处处可见树林边上立着的牌子：请不要给小鸟们喂食，以免使它们丧失捕食能力。想必是那些四处奔忙自己捕食采集果实的飞鸟，衔来果实又吐出了种子，它们是岛上辛勤的义务植树员，把珍奇宝贵的种子送往海边山脚。年复一年，绿了海岛红了山坡，小鸟养护了海岛也养育了自己，海岛养育了自己也养活了小鸟。夏威夷岛上甜美的果浆汁液，流淌成一条条甘泉涌溢的生命通道。

所以，夏威夷群岛各个岛上往来的飞机，尾翼上绘着绚丽多彩的热带花卉图案，每半个小时一班，绝对准时起降，好似一只只硕大的鸟，或是人在模仿着鸟的行为，在岛屿间飞来飞去。二十世纪五十年代末，夏威夷波利尼西亚人的最后一位仁慈的女王，虽然决定将国土并入了美国版图，但夏威夷人膜拜自然、热爱自然的天性和习俗仍被保留至今，大自然授予这位女王永远的权柄和魅力，她是夏威夷人心中永不退位的世袭女王。

离开夏威夷那天，送我去机场的国斌林岚夫妇，在我的手提包里放上了几个夏威夷香蕉，却在机场的安检口被无情扣下。那一天我被正式告知：凡是夏威夷岛上出产的果蔬，一律不准自行带往岛外；反之，也同样不允许从美国大陆和其他陆地将果蔬带入岛内——这是为了保护岛上物种的纯度、防止细菌和一切微生物侵入夏威夷而必须严格遵从的法律条款。

我心悦诚服并生出由衷的敬意与感叹。天然夏威夷是由一代代夏威夷人悉心养护的，若是人类都能如此恭奉大自然的法则，在这蓝色的星球上，我们将与所有美丽的生命同在。

2000 年

桑

　　我家院子里有一棵桑树。

　　周围的树，槭树栎树元宝枫，都不是桑树。唯独只有这棵桑。

　　桑树高达八九米，超过了二楼屋顶。树干在一米左右分叉，伸出四根树杈，分别向上伸展，再分叉，再伸展，长成一株"小径分岔"的大树，树龄起码有几十年了。树叶稀疏凌乱，犹似一只披着绿色羽毛的大鸟。十年前，桑树刚来我家的时候，已经具有大树的雏形。树干修长，细枝繁多，在树叶里若隐若现，有如折叠伞的骨架，一截一截盘桓错接，没有修剪的痕迹。

　　缘起那年春天，路口停了一辆皮卡，有人在出售一棵树，一连三日，晾晒于骄阳之下。这棵树不知道从哪里挖来，无人识得是什么树，卖树的人，也不知其名，只说这树结一种小果子，酸甜好吃。刚好我家院里需要种一棵大树，这棵野树奇特的树形，吸引了我们的目光。于是果断买下了这棵价格不菲的无名之树，也存有怜惜之心，只怕它再晒下去，就要被风干了。再把大树费力地运进小区，动用吊车翻越栏杆把树在院里种下。一株来历不明的野树，在河边当空立起。当即给桑树灌了大量的清水，没几天，蔫蔫的树叶挺起来，树叶呈桃形，在风中轻轻拍起巴掌，质地薄软干爽。总觉得这树眼熟，似曾相识，却仍然无法想起它是什么树。

一直到五月中旬，树叶一天天浓密丰满，形成一团巨大的冠盖，投下阔绰的树荫，枝叶繁茂，未见开花。有一日，从叶片背后的贴梗间，钻出了一簇簇小米粒样的果实，白色粉色青绿色，五彩夹杂。隔几日再看，发现有几簇小果子已变成了紫色。浓浓的深紫色，饱含汁水，采一簇放进嘴里，酸酸甜甜。一抬头，叶片下躲藏着无数的小果子，密密麻麻紧紧簇拥。

那个瞬间，记忆全都回来了：桑葚！——原来，这是一棵桑树啊！

果实泄露了桑树的秘密，以果识树，从此它以桑的名义在此安居。

幼时，坐船沿着大运河，去杭嘉湖水乡的外婆家。蚕桑之地，桑林密布。两岸的河堤，全都种桑，桑的河堤顺水蜿蜒。到了冬季，桑叶落尽，露出修剪得矮墩墩齐整整的桑树干，像是河堤上一队队壮实的卫兵。二十世纪六十年代末，我也曾是采桑女，在德清东衡里蚕种场采过桑叶。初夏的桑林密不透风，一片片采下翠玉般的桑叶，轻轻放进背篓，背篓满了才能钻出桑林透气。只盼着能遇上一棵桑树，挂着又大又紫的新鲜桑果子，解渴又解馋。每日坚持采桑，其实只为桑葚，那是我吃过最甜的桑葚。然后把桑叶背回去，清爽的桑叶在蚕房外晾干，倒入宽大的竹匾，胖嘟嘟的蚕宝宝们，齐刷刷地趴在桑叶上沙沙啜叶。

多年前，曾在颐和园一座石桥下见过一株桑树，捡过几粒瘦弱的桑葚。没想到，如今它竟然悄悄潜入了我家。

桑葚成熟的季节，是我家的桑葚节。晨起，树下洒落一地熟透的小果，湿漉漉紫莹莹。弯腰蹲下一粒粒捡起，轻轻放在盆里。盆满，拿回家清水冲洗，即食。不似超市卖的桑葚，人工培育大如拇指。野桑果形小粒多，汁多新鲜，散发出树林的气息。每一个桑葚上嵌满了细密的"米粒"。偶见半个桑葚，留着小鸟啄过的印痕。若是拌上酸奶，一大口一大口，吃得过瘾。碗里残留的奶汁，染成了黏稠的粉红。桑葚节可持续一月，眼看着树上青白色的米粒一天天变大变红变紫，陆陆续续成熟，又陆陆续续掉落，挂满桑葚的枝条沉沉垂下。每天都有桑葚可捡，余果分于亲邻，皆大欢喜。若是临时来客，未备桑葚，那么就直接走到桑树下去，晃动树枝，顷刻间，熟透的桑葚如雨落下，噼里啪啦掉了一地。不小心砸在衣服上，留下炸裂的紫色汁水痕迹。桑葚节前后一月，桑果子没完没了，不忍弃之，便煮桑葚加冰糖，做成桑葚果酱，留待冬季涂抹面包，据说还可酿成桑葚酒。

一年一年，这株野桑，在我家野蛮生长。大风来袭，树枝狂摇刮到屋角，不得不"截肢"。第二年，它的枝条又伸向另一个方向，继续自由生长。

自从确认了桑树的身份，凡有客来，兴冲冲带去院里参见大树，郑重说明这是一棵桑。

来客惊呼：好大的一棵桑树！好高的一棵桑树！

北方人不识桑树，情有可原。而我来自江南，何以不识桑树？

却原来，幼年在江南见过的桑树，是为养蚕，桑叶是蚕的食粮，植株高矮等人，伸手可及便于采桑。而我家这棵桑树似乎属于观赏植物，需要抬头仰望。

桑葚节进入尾声，桑树底下米黄色的石板上，出现了一幅大画。斑斑点点的紫色，洇染开去，残存桑葚的形状，犹似大理石图纹或是一幅点彩派作品。

桑，把自己的枝条作为画笔，在地面上任意涂鸦。

桑果子落完，已是满树浓密的绿叶，进入了桑树的全盛时期。一层压一层的桑叶，全都闲来无事，在树上招摇。不由慨叹：如此巨量的桑叶，能养活多少蚕宝宝啊？想起幼时在杭州上小学，劳动课要求同学们学习养蚕。搞来十几粒菜籽般的蚕种，放在纸盒里，孵化出小小的蚕婴。然后把干净的桑叶放进去，叶片第二天就不见，留下叶梗残渣。小蚕很快长大，宝贵的桑叶一片难求，寻找桑叶成为我们每日的业余劳动。杭州城里密密的街巷，会有几家人种桑呢？拥有桑叶的同学很牛，需要用连环画糖纸橡皮去交换，那是我人生首次以物易物。蚕宝宝最后只活了三条，总算千辛万苦地养大了，浑身变得通体通明，它们不再吃桑叶，安静地匍匐等待。妈妈说蚕宝宝就要结茧子了，为我找来一只高筒套鞋的盒子，用几把稻草缠成草束塞在里面。过了几天，打开盒子，蚕宝宝不见了，变成了三只胖胖的白茧子，悬空在稻捆里。用一只轻巧的杭州小篮子，装了三只蚕茧交给老师。还有一年，家里的蚕茧破壳了，蚕宝宝变成了蛾子飞出来……

望着院子里这些无所事事的桑叶，心里涌上了发展家庭养蚕业的冲动——采桑喂蚕，然后收获许多许多蚕茧，自己亲自缫丝、绷成丝套，做成一床丝棉被也说不定。或可出售蚕茧，送去丝厂织成美丽的丝绸……可是，我能把蚕茧卖给谁呢？曾经是传统经济支柱的丝绸业逐年萎缩，即使在江南，桑树蚕房丝厂都已很少见了……只能打消了养蚕的念头，任凭桑叶疯长，因而也对"沧海桑田"那个成语有了别样的体验，成为我的精神情感寄托。

不过这株独树一帜的桑树，除了观赏，并非一无所用。桑叶刚刚发芽，采撷些许嫩桑叶，洗净晾干切碎，蛋清面糊细盐搅拌，用平底锅做成一个个薄薄的桑叶饼，金黄色的桑叶饼夹杂着桑叶末的淡绿色，咬一口，桑叶在齿下嘎吱嘎吱地响，韧韧的，有嚼劲，满嘴清香，喷吐出春天自然的气息。让我怀疑自己会不会变成蚕宝宝。

曾有一次好奇地询问德清外婆家的亲友：为啥江南人从不食桑？德

清人笑我无知：当年蚕业兴盛，每一片桑叶都矜贵得不得了，只能用来喂养蚕宝宝，哪里轮得到人吃呢！近年我再去德清，在洛舍大桥头鱼庄，服务员竟然送来一盆"炸桑叶"，整片整片的桑叶，绿莹莹香喷喷，十分诱人。一抢而空，再来一份！江南水乡的人，也开始食用桑叶了，没有蚕食了，桑叶供人解馋。

秋天的桑叶耐冷，寒流袭来，桑叶面不改色，不黄不蜷。药典记载，经霜后的桑叶煮水，可降血糖。我采下一大包桑叶给父亲寄去，父亲告诉我，中药店就有卖干桑叶的，桑叶可药用，功效多多……

如此说来，桑树浑身是宝，各有其用。难怪以桑养蚕，吐出雪白的蚕丝。蚕花娘子蚕花仙女，竟也魔幻！

桑树是落叶乔木。直到深秋，干爽的桑叶才慢慢变黄，在风中发出窸窸窣窣的响声。一树金黄色的桑叶，悠悠旋转飘落，依依惜别，连续多日举行庄重的告别仪式，直到树下落满厚厚一层黄叶……

等到桑树把它的羽毛全都褪尽，剩下一株光秃秃的桑树干，这棵桑树的高光时刻终于来临——明艳的秋阳下，粗壮粗粝的树干上，露出了高耸的光滑树枝。枝条曲里拐弯，旁支斜逸，一根一节往上扭动，似乎每根都接反了，就像蓝天下划过的闪电，让人想起梵高的"日落时柳树""树根与树干"的画面。或是一座精心塑造的现代雕塑艺术品。没想到，桑树最美的形态，竟然是寒冬没有桑叶遮蔽的"裸体"，坦荡而天真无邪。

有一年去中亚，我曾在路边见到过几棵桑，树叶落满尘土，显得疲惫不堪。

桑原产我国中部，土壤适应性很强，根系发达，已有约四千年的栽培史，从南到北都有种植，树龄可达数百年。我国的桑树种质，分属15个桑种3个变种，是世界上桑种最多的国家。其中有鲁桑白桑广东桑瑞穗桑；野生桑种有长穗桑长果桑黑桑华桑细齿桑蒙桑山桑川桑滇桑……还有一些古老稀有的桑种。

可惜无处查问，我家院里这棵野桑，有没有学名？属于哪一种桑？

有人说，自家宅院不能种桑。桑与"丧""伤""殇"同音，理应避讳。然而，种桑的人家，人生记忆中已经存储了太多伤痛，还须面对时时传来各种令人心酸的信息。那么，种一棵桑树又何妨！院子东侧的那株桑树，有如一座四季运行的警钟，无论冬夏，时时刻刻提醒人间的苦难。

2023 年

咏生灵

小鸟天堂

一道清粼粼的小河,沿着河心沙洲上那座郁郁葱葱的绿岛蜿蜒流淌。

小船儿顺水漂去,船头撩拨着从小岛延伸到水中的老榕树长而密的根须。它们懒洋洋地从树梢垂挂下来,如一道密密的屏障遮住了小岛的真相。

夕阳正从小岛的西边斜照过来,水波泛着金色,岛上遮天蔽日的榕树苍郁的树冠,开始变幻成橘黄和草绿相间的色彩,于是那道屏障变得透明,从中显露出老榕树盘根错节的褐色树根,犬牙交错的树枝,重重叠叠、千缠百绕地蔓延了整个小岛。

相传这榕树岛早年只有一株小树,只因土肥水美,气候适宜,榕树年年枝头垂新须,须根落地生旁枝,年复一年,繁衍成了如此茂盛的一片水上森林,分不清哪是老根,哪是新枝;辨不明哪根树枝是来自哪棵树上;只见一株气势磅礴的老榕树,无穷无尽地向四周伸展,像一顶巨大的伞,覆盖了整个小岛。这无数根根相连的树枝,构成一个整体,变成了一株硕大无朋的巨树,变成了一座榕树的绿色殿堂、一座榕树博物馆。清幽幽的小河将小岛与陆地清晰地切割开，这榕树岛四面环水，真是名副其实的独立王国了。

一声鸟叫打破了黄昏的静谧。

一只白翅膀的大鸟，有点像喜鹊，又有点像鸽子，从天空急掠而过，在树顶上盘旋片刻，欢欢喜喜地栖息在榕树顶上，这种白鸟，当地人叫白鹳。

一只灰翅膀的小鸟，叽叽喳喳地飞来，老远就吵个不停，好像要报告什么惊人的消息，又倏地闪入林中不见了。据说这种鸟叫灰鹳，夜夜要出去打食。

木桨无声，船儿轻摇，唯恐惊飞了它们。

一只，又一只，飞回来了，飞回到自己的窝里来。

夕阳照见它们平滑的羽毛光泽，在树叶下闪烁。它们停在枝头欢天喜地地絮语，树林里回荡起一片参差不齐的歌声。宁静的小岛苏醒了，复活了，充满了生机。

这是鸟的乐园。

谁能听得懂那啁啾的鸟语呢？它们叽叽喳喳喋喋不休吵吵闹闹，时而低声鸣唱，时而高声喧嚷，小岛就像一个巨大的扬声器，空中一阵阵高高低低的声波震荡，耳朵里塞满了啁啾的鸟鸣。它们或是在倾诉彼此间的爱慕，或是在抒发劳动的欢愉？小鸟们每天清晨早早地飞出去打食，在晴空里展翅，在野地扑腾，或为逃脱鹰的追捕飞得精疲力竭，或为躲避猎人的长枪吓得魂飞魄散。然而，它们无论受着怎样的欺凌，又遭到怎样的挫败，待日落黄昏，飞回这一片葱茏的小岛，脚爪只要落在恬静安宁的丛林树梢上，便犹如落入了母亲温暖的怀抱。这里没有纷争，没有烦恼，没有生死搏斗，没有生存竞争，只有青青翠翠的榕树叶，密密地盖住了半个天空。小河上弥漫着淡淡的水雾，在暮霭中轻轻地荡漾，一种安详的气氛，将小岛团团围在其中。好像无论多么深重的创伤，多么疲倦的身子，也会在那一片绿色的抚爱下，恢复痊愈。夜来相安无事，即使晨起百鸟争鸣，也是相亲相爱，互相致以友好的问候和敬礼……

我好似听懂了那生动而难辨的鸟语，那是来自天堂的一首赞美诗。

哦，"小鸟天堂"，我总算见到你了。我不远万里从冰天雪地的北疆飞抵这四季常绿的南国，从广州坐船到江门再到新会，又从长乔骑自行车赶了 12 里地，终于来到小鸟天堂所在的新会城南白马村。

然而，小船被告知不许登陆，这是一片自然保护区——"天堂"虽近在咫尺，却是可望而不可即。

小船绕着绿岛绕了一圈，越来越多的灰鸟白鸟正在喳喳归窝，融进那神秘而古老的森林之中。森林在船舷上缓缓移动，在暮色里渐渐模糊不清。那纵横交错的树枝树丛里，藏着多少鸟国的故事？一只鸭子不知从何处游来，冲着小岛伸长了脖子，似乎在诉说自己被关在天堂大门之外的委屈和不平。既然是小鸟天堂，其他小动物，哪怕人类，即使闯入也难得到欢乐。这儿只是小鸟的乐园，猎人的枪口无法穿过这幽深的密林，连凶残的秃鹰对这巨大的保护伞也无可奈何。鸟儿们在这里栖身，早起四出打食，夜归合家欢聚，要唱歌有清清的河水润嗓，解烦闷有连天的树枝跳跃，好一片人间乐土、鸟儿的太平世界……

小船拢岸，回望绿岛，只见成群结队的白鹤灰鹳，在那郁郁葱葱的榕树树冠上盘旋。时而拍翅惊起，时而低回滑翔，辛劳一天后休憩的安宁，很快就要降临；在这无人侵犯的小岛上，可以随意做最美丽的梦。

这经久不衰，蓬勃兴旺的榕树岛小鸟天堂，让我看见了通向天堂的路。我感谢那小船，它没有将我们送上小鸟的天堂岛，而是让人们远远地遥望天堂……

1980 年

天鹅故乡琐话

来北大荒之前，就听说北大荒是天鹅的故乡。或许在那个青春年代，我的心是由于天鹅，而奔向北大荒来的。

可它是溶进那高远的蓝天里去了，还是化入那浩渺的水波中去了？多少年来我寻觅它的踪迹，在与白云齐肩的高山顶上仰望，在荡入湖心的轻舟上低唤。它本应在朝阳初升的天穹翱翔，在晚霞沉落的水边徜徉，可是，哪里也没有它。没有它那硕大的翅膀掠过长空卷起的一阵清风，没有它那轻盈的身子在水面上瀑起的一丝涟漪。它到底飞去哪里？游去哪边？躲去哪方？谁能告诉我——要知道这里可是天鹅故乡。

"故乡"的人叹息，是他们不愿告诉我？

"故乡"的人摇头，是他们也不知道？

不。我想，大概是因为不堪回首，他们不愿触动心灵的创伤。

假若我有勇气去揭一揭自己心上那血痂似的记忆幕布，怎么能说我这些年中没有见过它呢？我见过，然而，不是在蓝天里，也不是在水面上，而是在农场的沼泽地里。

那年深秋，我在砍伐芦苇的沼泽地边缘，见到过一只野生大天鹅。

初时，我惊呆了，甚至怕我的呼吸会惊动它。我凝视着它，在心里惊叹它的美丽——洁白，轻盈，白瓷一般的光滑羽毛，没有一丝杂质，就好像一团浓墨泼上去，也会整个儿滚落下来，不落一星半点尘埃。它悠悠然浮在一汪水面上，身子一动不动，好像在倾听，又好像在思索……也许任何一种飞禽都无法具有这种个性，它的美是如此独特——高傲、纯洁、娴静、深沉。不知是它那白云一样的翅膀照亮了这片水；还是黑色的水更衬托出那圣洁的白色，我亲眼看见了世界上还有如此纯洁的白色生命。可是我忽然又不相信，不相信天鹅会陷落在斑驳的沼泽地里。我猜想它也许是农场畜牧队一只走散的鹅。但不是。它自己告诉我，它确是一只天鹅，地地道道的天鹅——它抬起了它那细长的脖子，眺望着深秋的原野，完全没有留意四周枯败的苇叶。远方是恬淡的、明净的，一朵朵白云无声地飘过去了，好像那些天性自由的天鹅姐妹在轻轻呼唤着它……

它怎么会来到这沼泽地的呢？秋凉了，它为什么不往南飞？是无处可去吗？我真想问它。我没有想到第一次看见野生的大天鹅，会在北大荒的沼泽地里。小时候，我曾在动物园里见过大天鹅，我的家乡杭州西湖三潭印月岛上的内湖，就养着许多白天鹅。当然，从十三年前那场暴风雨一开始，它们就不知去向，莫非这只天鹅，是从动物园逃离到这荒野避难？也许是因为北大荒也到处改天换地，天鹅们无处栖身，才流落到这杳无人踪的地方？

我轻轻挪步离开，唯恐惊飞了它。我心目中的天鹅，洁身自好，远避尘嚣，从不妨碍人类；它孤高桀骜，不与野鸭、鸳鸯为伍；然而它振翅高飞，却是鸟类中出类拔萃者，所有的鸟儿都望尘莫及——它可以飞到几千公尺的高空，与白云做伴，同闪电相随，天鹅就是以此得名。也许就因为它飞得太高，同类才嫉妒它；也许就因为它太孤傲，从不愿像笼中的画眉那样唱着动听的歌儿取悦于主人，有的人才憎恨它；也许因为它实在太美，俗世的人们对它垂涎三尺——

当我回到沼泽地旁为砍伐芦苇搭建的临时地窖子跟前，我看见的竟然是一副惨状：它躺在血泊中，雪白的翅膀已被染红。四周围满了我们连队的"战友"，一只大脚踢着它软弱无力的长颈，从人群中传出来一阵阵兴高采烈的喊声：

"是我头一个发现的呢，不是吹牛，镰刀瞄的也真准！"

"瞧瞧它那个脖子，那老长，难看死了！"

"赶紧送伙房，今儿咱也尝尝天鹅肉！"

血腥味使我恶心，飘零的羽毛使我发颤。我悄悄走到一边去，泪水从腮上滚落下来。那伙人都是我的同伴，一列火车来到北大荒，穿着一样的破衣服在沼泽地里割芦苇。他们小时候也都在动物园里向天鹅欢喜地招手，做着同天鹅一起翱翔的美好的梦。可是，这变化是怎么发生的呢？一夜之间，学会了血淋淋的杀戮……

"她哭了……"有人做着鬼脸。

"哈哈——"是哗然大作的笑声。

从那以后，我再也没有见过天鹅。即使在幽深无人的沼泽荒野的极深处，它们也没再露面。北大荒的冬季是漫长的，走不完那冰霜结成的路，数不尽那铺天盖地的雪花。虽然雪花是白的，可是白的东西并不都是天鹅；虽然雪花也在飞旋，但会飞的东西并不都是天鹅。春天来了，天鹅没有回来；又一个夏天来了，天鹅还是没有回来。它们究竟是去了长江边？还是到了珠江三角洲？没有人看见它们。到处有的是追踪、捕猎它的人，擎着长长的枪筒。天鹅的故乡没有天鹅了，它们含着泪，默默地飞向了更遥远的，温暖的异国？

莫非是因为它实在太美了，所以才为丑类不容。那么，难道美是它的过错么？

没有人回答我。

冬天的日子真长啊，长得好像弯弯曲曲的松花江。白茫茫的田野，在雪地里拉苞米秆，拣黄豆，我不知怎么想起了许多年前读过的一首诗，那是一个年轻的垦荒战士，站在红色的拖拉机车头上，面对皑皑白雪，热情洋溢地赞颂：北大荒的土地啊，你真像一只白天鹅，飞起来，飞起来了……

我的心压抑得慌。我不是诗人，面对这沉寂的雪原，我只能悄悄地对自己说：白天鹅啊，是谁把你的翅膀折断，折断了……

冬天的日子真长啊，天黑了，收工回到宿舍，在炉边烤着被雪打湿的棉轧靰，常常想起小时候听妈妈讲过一百遍的"丑小鸭"的故事。丑小鸭因为不会像猫那样咪咪叫，不会像狗那样摇尾乞怜，更因为它长着一个其丑无比，与众不同的长脖子，所以伴随它长大的是白眼、歧视、责骂、殴打……肥胖的鸭子觉得自己比它漂亮多了，离不开地面一步的家鹅也自以为比它高贵。它们之所以得宠，是因为它们从来没有什么出格的言论和任何容易引起非议的行为。它们的短脖子使它们看到咫尺之内的安全之处，它们从来没有幻想上天的非分之念，它们普通平常，走起路来悠闲自得，摇摇摆摆，隔几天下一个蛋，然后心安理得地领受主人预备好的丰盛饲料……

家鹅与野天鹅之间的差异，并不比猩猩与人的距离更小啊。我想着我的故事，恍然大悟。

也许就连丑小鸭也不理解：为什么到处都是长着翅膀而不会飞的神气活现的鸭子和家鹅？

我想着我的故事，冬天更长了……

粗心的天鹅妈妈怎么把天鹅蛋下到鸭群里了呢？让它白白受了那么多委屈，吃了那么多苦。可是这对于丑小鸭其实并不是坏事，它越受欺压，便越发明白世道的不公；它越受嘲弄，便越向往青天。心铸得坚强了，翅膀长结实了，颈子，似乎由于希望，也越发地伸长了……

终于，冰化雪消，大江解冻，丑小鸭在一潭春水里看见了自己的影子，没想到自己竟变成了一只景仰、崇拜已久的天鹅。它扑腾腾冲天而起，那秀美的长颈，像一把利剑拨开白云划破蓝天……

漫长的冬天里我常想起这个故事，也想起我周围一些同年龄的青年朋友。这些年，人们看惯了丑陋，习惯了卑贱，似乎美是一种罪孽。有许多人专干杀戮天鹅的勾当，他们以为杀尽了天鹅，黄雀便可得志了；以为恶毒咒骂贬损天鹅，表现出一副与优雅柔美的天鹅势不两立的姿态，自己就显得多么朴实忠厚了。他们就是这样无可挽回地变成了家鹅或是鸭子；然而，却有另外一些人，渐渐地从丑陋的小鸭长成了美丽的天鹅。

既然是高洁的天鹅，不会安于浑浊的沼泽；既然是高贵的天鹅，更不能屈居池塘小河。它渴望长空，爱恋白云，它引颈高吟，跃跃欲试，一飞冲天。为了寻找自由和幸福，勇敢强健的天鹅甚至能够飞越天山山脉，单程飞行距离可达几万公里。无知的朋友，你们可知天鹅飞得比鹰还高么？它的纯洁是白云赋予的；翅膀是闪电铸就的，而那最秀丽的长颈，难道不正是它不倦的追求与蓬勃向上的象征吗？

也许有人会问：那么轻柔的鸟，竟然能飞得比鹰高么？是啊，在这古老的国土上，人们宁可一辈子饲鸡养鸭，也不愿相信世上有一些鸟，是为天空而生的。天鹅飞得比鹰高，因为天鹅心无旁骛，而鹰总是在低头寻找地面的猎物，鹰被大地束缚了，鹰的姿态是徘徊，而天鹅的姿态是一往直前，飞往远方更远的远方。蓝天划过一道银色的闪电，惊鸿一瞥，天鹅的掠影，已隐入天边。

十年前，我是奔天鹅的故乡来的。我寻觅天鹅的踪迹望眼欲穿，十年后，我终于看到动物园里的天鹅，同春天一起回到了清清的水池边；看到舞台上的白天鹅，同夏天一起回到了音乐的"天鹅湖"上。科学正在打开通向无限广袤的天庭的大门，飞翔正是这个伟大的时代的标志。美丽的北大荒什么时候能重新飞起来呢？我们亲爱的祖国，什么时候能重新飞起来呢？

　　尽管有许多人至今仇视天鹅，但是天鹅依然年年岁岁远程高飞，年年岁岁秋去春归。丑小鸭如今都已羽毛丰满，雄心勃勃整装待发。没有谁能比丑小鸭们更爱自由，更爱光明，更爱蓝天。一旦乘风归去，它们定然拍击长空，裹挟雷电，冲霄直上。把过去抛在身后，把一切断墙残垣，陈规陋习置于脚下，迎着高空那强大的气流，去寻找崭新的世界。因为它那浩大的队伍里，不仅由许许多多丑小鸭变成的天鹅组成，还有那沼泽地里曾经被杀害的老天鹅的幽灵，时时推着它去冲破一切寒流孽嶂……

1979 年

鹦鹉流浪汉

城里爱鸟的人，通常都喜欢漂亮的虎皮鹦鹉。一身绿黄或是蓝黄的羽毛，斑斓璀璨的，养在木笼子里挂起来，听它婉转啁啾的吟唱，既赏心又悦耳。

但那是第几只了呢？我总想问。最开始的那一只，现今是在谁家的笼里，还是真如它所愿飞向了自由的蓝天呢？

我是在虎皮鹦鹉不止一次地"逃跑"后，才发现它的这种习性的。

那是一个寒冷的冬夜。

室内的暖气烧得很热，我开了阳台的门透透气。过了一会儿，我想去把门关上，就在我把门往回带的那会儿，我的手碰到了一个软沓沓的东西，把我吓了一大跳。那东西黑乎乎凉飕飕的，蹲在外面的窗台上，轻微地颤抖着。看仔细了，却是一只小鸟，身子几乎已经冻僵了。壮壮胆伸出手一把抓住它，它温顺乖巧的绝无反抗之意。我用手掌托着，举在灯下，才看清是一只绿颈黄翅的虎皮鹦鹉，身子小小，半死不活地耷拉着脑袋，微微有一丝气息。两只脚爪，也许是冻伤或是枪伤,一只剩下了两枚脚趾,另一只,一枚爪子也没有,只留一坨光秃秃的脚掌,立在桌上,站都站不稳。

不知它从哪里来,要到哪里去?在这样一个北风呼啸的黑夜里。

它必是已经精疲力竭了。为着寻找一个温暖的栖息地,居然能在黑暗中用最后一点气力,奔向一家透出热气的门缝,可见它是一只生存力顽强的鹦鹉。

假如我没有在入睡前发现它,天亮时也许它已变成一只鹦鹉的"标本"了。

当然,义不容辞,我承担起了动物保护协会的职责。急忙找出一只买鸡蛋用的折叠式铁丝筐,暂且充当鸟笼,小心地放它进去。家里有现成的小米和酒盅,再摆上一杯清水。它睁了眼,似乎慢慢暖和过来。迟迟疑疑地愣了一会儿,竟然就挣扎着抬起脖子来吃米。犹豫着吃下去一粒,紧接着飞快地啄起来,一下一下地再也不停,盅里的小米像散金一般飞溅,一会儿便空了,又添满,却很快地浅下去。

这小家伙实在是饿坏了。怎么饿成了这个吃相,像个饿死鬼。我说。

阳台没有封闭,只好先把"鸟笼子"挂在厨房里。垫上接鸟粪的纸板、拴上仿树枝的竹筷,系好米盅和水杯,为收留这位气息奄奄的入侵者,很忙乎了一阵。当时以为自己从此将步入养鸟的队伍,可算是个风雅"鸟人"了。

第二天一大清早,便被它喳喳的叫声吵醒。起来看它,一夜之间,它已竟然"鸟"枪换"炮",在笼子里上蹿下跳的,很是欢实。米盅早已空空见底,水杯也碰翻一侧。它竭力想要蹦到那根横着的筷子上去,无奈脚无利爪,笼壁攀缘无着,三番五次地跌下来。仍然是锲而不舍,如此折腾多时,终于瞅准一个空子连爬带跳地登上了那根横杆,摇摇晃晃地站住了,然后神气风光地高扬起绿叶般的小脑袋,四下观望,一派轩昂气度。

又喂它米和水。它扑过来，吃得贪婪而疯狂。犹如风卷残云，顷刻间一扫而光。人说"鸟食"，即少而精。它却像是只鸡似的，吃个没完没了。没见过这样的鸟，心里疑惑又惊愕。只怕它在外流浪多日，没饿死这会儿倒会撑死。心里更生出几分怜惜。

如此持续地大吃大喝了几日，它变得身子浑圆，羽毛铮亮。常用那两根脚趾，金鸡独立，牢牢地攀在筷子上，走钢丝一般，小眼睛警觉而锐利地洞察四方。叫声一日比一日地高亢嘹亮，然音律音调全无，一片呱噪之声而已，它却自我感觉极佳，傲慢得像只老鹰。

吃也容忍了，叫也容忍了。想着外面世界的无奈，只希望它从此在我的笼子里安分守己。

却不。过了几日，它明显地开始烦躁不安，几乎一刻不停地在笼子里跳上跳下，尖尖的小嘴急促而猛烈地啄着笼边的钢丝以及笼子里一切可以啄出响声的东西，试图诉说它某种未竟的愿望。胸脯上白色的细绒毛，一片片飘落下来，在空气里浮荡着，如同一份份难以阐释的宣言或是传单。有时它就在笼子里长时间地兜着圈圈，像是一只失控的钟表。

我说，它一定是要下蛋了。母鸡要抱窝时就是这个样子。

找来些软旧的碎布和棉花送进笼里。冷不防，它却在我手背上狠狠地啄了一口。

几天过去，一只蛋的踪影也无。丈夫发笑说，你还不知道它是男是女呢，就下蛋？依我看，它是需要个伴儿。这很容易理解，对吧？

两个人都不善辨认鸟的性别。于是决定过几天得空就去花鸟市场给它做个"鉴定"。

然而未等我们去花鸟市场为它寻觅配偶并买一只真正的笼子，风云突变。

那一天阳光灿烂，是个难得暖和的冬日。它在厨房里尖声怪叫，闹得不亦乐乎。丈夫被它吵得坐不住，说它一定是想晒晒太阳了，它本来就是天上树上的东西。

就把笼子挂在阳台的钩子上。阳光洒在它翠绿的羽毛上，它昂起小脑袋仰望着蓝天，忽然停止了连日不断的哀鸣，变得非常非常安静。眼睛里闪着一种温柔的光泽。

如果那时我能敏感到，在它这短暂的宁静中，实际上正酝酿着一个蓄谋已久的越狱计划；一个天赐的逃跑机会正在临近——我也许会立刻加固那只笼子。

那天，就在中午时分，我偶然走近窗口，一抬头，发现它已撞开了笼子顶端的盖板，身子悬在笼子的出口，正挣扎着想从笼子里拱出来。我叫一声不好，忙拉开门冲到阳台上去——却已晚了一步。就在我接近笼子的那一刻，它猛地钻出了笼子，拼命地扇动着翅膀，嘟的一声，像粒子弹似的，往天空射去。

它走得义无反顾。连头也不回，顷刻间就没了影儿。只剩下那只空荡荡的铁笼子，在钩子上晃来晃去。

我甚至没有来得及对它喊一声：你就不能再等一等吗？这种偶尔暖和的日子其实并不是春天。冬季还没有过去，你会冻死在外面的呵……

它头也不回，扬长而飞。

我们曾经拥有过半个月之久的虎皮鹦鹉，就这样，来了，又走了。带着它伤残的脚爪，和它一次又一次的逃跑的经验，重又返回了它的流浪生涯。

人说鹦鹉实际上一辈子都在不断地设法逃走。若是有伴儿，它们也会一前一后地仓惶出逃，开始"私奔"一般的甜蜜生活。它们情愿放弃小窝，在风霜雨雪中被击败、被摧残，却仍然不断地寻找着新的家园，固守着无望的期待。有时，它们其实只不过是从一只笼子逃向了另一只笼子而已。但对于自由的冀盼，使得它们永远生活在背叛之中。既背叛笼子，也背叛蓝天。

都以为鹦鹉是一种已被驯养的家鸟，惯性思维使我们走入误区。然而世上还有一种不会学舌却一心只想挣脱羁绊、奔向自由的鹦鹉、一种特立独行的鹦鹉。可惜我是在鹦鹉逃离之后，才懂得鹦鹉执迷的理想。

废弃的笼子在风中摇晃着。我不知它如今在哪里。也许它早已被冻死在野外了。重要的是，它宁可冻死，也不愿被囚于一室一檐之下。于是，寻找与回归自然，就成为它一生中不断重复的主题。

1996 年

鹫峰鹦鹉

它的身子个头，比起我们在花鸟市场的鸟笼里看到的虎皮鹦鹉，似乎更壮更大些。

然而，这只鹦鹉站立的位置和姿态，却又实在太不像鹦鹉了。它高高地盘踞在古松的顶端，像一只老鹰一般，昂首挺胸，俯瞰众山，居高临下，目空一切。

我停住了脚步，不敢惊动它。

瞬间，我和那只鹦鹉的目光相接，对峙了足足有几十秒钟。

我轻轻说了一声：你好。

它没有理睬我，用自己的钩嘴和双脚来回倒换，在树顶上灵活地走来走去。后来它歪着脑袋瞥了我一眼，猛地张开翅膀飞了起来，强劲的翅膀像两片对称的绿叶，扇起一阵绿色的山风。它发出一声声清脆而温婉的低吟，从高山顶上，十分舒展而惬意地掠过幽深的山谷，消失在茫茫林间。

鹫峰以鹫命名。但我们在鹫峰绝顶，未见老雕，却意外地见到一只鹦鹉。

但这却是在京都远郊的燕山山脉，海拔几百米高的山顶。更尤其，最低气温零下二十几摄氏度的北国，冬季长达三五个月。

如果那是一只春来北归的大雁或是天鹅，也许不足为奇。但鹦鹉原产于热带和亚热带，北方的山林里，尚未听说过有野生鹦鹉生存。在城市楼房窗口悬挂的鸟笼里，常能见到美丽的虎皮鹦鹉。鹦鹉是早已被娇养惯了的城里人。

它究竟从哪里来？——难道这是一只来自西藏高原的大鹦鹉么？

同鹦鹉的会见，总共只有短暂的两分钟时间。而因着这一只亲眼所见的"野生"鹦鹉。留给了我一连串的问题与问号。

——如果它是遛鸟人放养的鹦鹉，它飞不了这么高。在北京，鹫峰好歹也算得是一座峰了。

鹫峰相传为辽代屯兵七十二寨之一。自颐和园往北，过了大觉寺不远，就可望见鹫峰。鹫峰森林公园属北京林业大学，多年封山育林，宛若一座巨大的植物宝库。峰顶上有两株高大粗壮的古松，并肩入云。远远看去，恰似两只钩啄箭翎、威风凛凛的秃鹫，鹫峰因此得名。

对鹫峰心仪已久，近日春暖，得闲去鹫峰爬山。果然满山葱郁，林海苍茫，桃杏都已含苞欲放，沿盘山古道拾级而上，一路可听树丛中鸟群啁啾，空谷传声。

气喘吁吁登上山顶，急急去参拜那两株古树。一抬头，不由倒抽一口冷气：屹立于峰顶高处的那一株巨松，在蓝天白云下，裸露着光秃秃的树干。按说松树在冬季不落叶，然而，这黄褐色的粗壮树干上，却连一片叶子都没有。

古松抑或是太老了。它虽已死去，却依然笔直地挺立在山顶上，栉风沐雨。像一座精美的化石，每一根遒劲的树枝，都在阳光下闪着生命不灭的光泽。

就在这时候，我忽然看见，那棵树的最顶端处，矗立着一片玉米穗大小、毛茸茸的绿叶，像是树王头上一顶绿色的王冠。

但那不是绿叶，而是一只大鸟。确切说，是一只翠绿色的大鹦鹉。

——难道它是从南方迁徙过来的野生鸟类吗？可是，记得鹦鹉好像原产南美，它应该从北方飞往南方，而不是相反。

总之，锦衣玉食的家养鹦鹉，不应该出现在鸳峰这样的地方。春寒三月，它飞到这冷风呼啸的山顶上来干嘛呢？

想起了家养的鹦鹉，素有逃亡的习性，去年我写过一篇散文，题名《鹦鹉流浪汉》。再看它那么翠绿鲜亮的羽毛和自信傲慢的气度，我宁可相信——它是一只从谁家的鸟笼中逃跑出来的鹦鹉。说不定，它就是从我家、从我父母家里跑出来的那只鹦鹉呢。

它或许厌倦了笼中的禁锢和城市的封闭，终于不辞而别，毅然"下海"而去。

它不愿再被人豢养，而宁可到山林的自由空气中，吃苦耐劳、自食其力。

可是在这刚刚过去的漫长寒冷的冬天里，它是以何物充饥呢？它能到雪层底下去寻找树种草籽、昆虫蚂蚁么？它住在哪里呢？以往娇生惯养的笼中之鸟，会在树上自己搭窝么？又怎样躲避野物的袭击和恶劣天气的侵害呢？

望着鹦鹉消失的山谷，我的问号没有答案。

鸳峰没有鸳了，却有归隐山林的鹦鹉，活得像鸳一般自在，不再回城里去。

1997 年

鹊　巢

窗前是一棵高大苍郁的洋槐。

刚搬进这栋新建的楼房时，槐树看上去有点孤单。冬天的雪花纷纷扬扬地落在树枝上，天一晴便化了，露出干硬的枝条，疏疏朗朗的。曾觉得那棵树上似乎还少了些什么，如同都市八面来风，却依然窒息的日子。

一个初春的一个清晨，在朦胧的睡梦中，忽然听见了几声清亮的鸟叫。

——喜鹊。只有喜鹊，才会发出那样欢快得几乎肆无忌惮的叫声。

果然是喜鹊，而且是两只。细细的脚爪，轻捷地蹦跳在槐树的枝头，上上下下，前后左右，似乎在寻觅着什么。一连几天，它们都这样一刻不停地忽扇着翅膀，穿行在老槐树伞状的空间里，从早到晚，窗前都是它们叽叽喳喳的讨论的声音。它们或许从一开始就喜欢上了这棵洋槐？落脚后就没打算再离开。当我们终于明白这对恩爱的喜鹊夫妇，是在为它们未来的新家选址的时候，那两只喜鹊已经悄悄完成了新居奠基仪式，急急地开工建房了。

巢址选在槐树中部树干的分权处，宽敞而隐蔽，居高临下又稳稳当当。

那真是两只聪明而又有眼光的喜鹊呢。

它们每天都起得很早，当我起床时，它们早已开始干活了。窗前不断掠过它们匆忙的身影，有时是从很远的地方飞回来，嘴边衔着一根细长的树枝，它们把树枝小心地架设在树权中间，用它们尖尖的喙，将枝子来来回回地摆布，异常灵巧地把这根树枝从另一根树枝的空隙中穿过去，攀搭勾连在一起。它们有时也就近取材，看准了旁边不远的树枝，然后歪着脑袋，长久地叼啄着一根可以派上用场的枝条，直到把它折断衔走。有时候树枝不小心掉在地上，它们会飞速下降，落在地上把那根宝贵的树枝捡拾回来。当它们重新飞上大树的时候，寻找回来的树枝像一件骄傲的战利品，旗帜一般地迎风招展。

那些日子里，窗前安静了许多。它们忙于劳作，已顾不上喳喳欢歌。

整个春天，我们就这样眼看着鹊巢一点点地丰满起来，日渐成形。

当喜鹊的安居工程接近尾声的时候，槐树已绽开出满树的白花，为鹊巢拉上了一道白色的纱帘。深黑色的鹊巢在槐树嫩叶的遮掩下，变得隐隐约约、模模糊糊。雌喜鹊开始闭门不出，在它们共同营造的小窝里，产卵孵蛋"坐月子"。那些日子，只有一只肥硕的雄喜鹊忙碌地飞来飞去的身影。到了初夏时分，就连这一只喜鹊也看不见了——原先正对着我家窗口的鹊巢，已完全被槐树茂密的绿叶遮没。后来终于听见了小喜鹊稚嫩的叽喳，两只喜鹊变成了一大家子，听着它们欢乐热闹的啁啾，我们的心情也欢快起来。想象着那绿叶丛中的小小鹊巢，一定充满了神秘温馨的情调。

等到秋来叶落时，鹊巢就像早已生长在槐树上似的，同槐树合成了一个整体。

但我没有想到，那只千辛万苦垒成的鹊巢，却并不是喜鹊们一劳永逸的家。

第二年冬末，那两只喜鹊又开始了前一轮的劳作。这一次，它们把巢址，选在了比先前更高的树杈上。浩荡的春风中，槐树上摇曳着两只硕大的鹊巢，一个是喜气洋洋的新家，一个是已被它们废弃的老窝。它们的孩子已远走高飞，去营造属于自己的小家了，只有这一对喜鹊父母，留守在这株高高的槐树上。

令我真正感到惊讶的是第三年春天，我们窗前出现了第三只鹊巢，这次是在靠近树的西边，比原先的位置要略低一些。更有趣的是，它们在搭建这个新房的过程中，竟不断地飞到原先的老窝上，去抽取那些柔韧可用的旧枝，然后把它们编织到新窝的墙壁里去。于是老窝渐渐地缩小下去，变成了一只扁圆形的小船，牢牢地镶嵌在树杈上，风摇树动，那鹊巢却如水行舟，沉浮不惊。喜鹊真也懂得废物利用、物质再生的环境保护么？是遗传基因使然还是自然之神让它们为人类作一次无声的训示？细想起来，真有点不可思议。

今年早春，那两位喜鹊老友的行为似乎有些反常。它们一次次匆匆飞过我的窗前，却不再往槐树上落脚。它们依然重复着每年的建房行动，忙忙碌碌地衔枝筑窝，但直到槐树泛青，也并不见树上有新巢落成。终于心生疑窦，在阳台上四下观望，顺着它们飞行的方向寻去，发现它们已将新巢筑在了西边的另一棵树上。

喜鹊原来是那么喜欢搬家，而且必须不断地改换新址吗？

忽然想起了小时候唱过的一首儿歌，有一句歌词是："小喜鹊，盖新房。"早知喜鹊是一种聪明又勤劳的鸟，但从不知道，喜鹊还具有这般不易满足、求新求美的秉性。

如今那三只被它们放弃的老窝，静悄悄地留在槐树上，像一所喜鹊王国的遗址纪念馆，展示着喜鹊的生命过程。它们偶尔也飞来探望旧巢，重温往日的辛劳和成果。喜鹊喜鹊，是不是它们总在不断地创造乔迁之喜，才成为欢欢喜喜的喜鹊呢？

1998 年

白色大鸟

扎龙与丹顶鹤

很多年一直想去叫作扎龙的那个地方。

扎龙那个地名已在耳边盘旋了许多年，带着沼泽地深处水的腥味与草叶的湿润气息，海绵般柔软地吸取了我内心的向往。

只是因为那些白色的大鸟——丹顶鹤。

许多年前我曾见过它们奇妙的舞蹈，许多年里我在天空中寻找它们的踪影。每年早春，它们以家族为单位，两三家结伴而行，从江苏盐城返回齐齐哈尔市郊的扎龙湿地繁衍育雏；秋风霜寒，它们带着已经学会飞行的幼鹤，返回盐城的海边滩涂过冬。那是一条多么漫长而遥远的飞行路线，一年一度乐此不疲的远征与悲壮巡回。每次飞机穿行于高空，我都期盼在天上的云层间与仙鹤们相遇——它们飞得如此之高，以至于站在地上的人们，从未能仰望到它们飞行的姿态。

所以我是一定要去扎龙的。"扎龙"为蒙古语，是"扎兰"之音转，意为饲养牛羊的圈。扎龙位于黑龙江松嫩平原，乌裕尔河下游湖沼苇草地带，原为渔区，是中国目前面积最大的芦苇沼泽湿地。1983年建立扎龙自然保护区管理局，1987年被批准为国家级自然保护区。

发源于小兴安岭西麓林区的乌裕尔河，被冬季丰厚的大雪滋养，开春后水量充沛，浩浩荡荡穿过广阔的山地平原，流经齐齐哈尔一带下游地区，已无明显河道，逐渐与苇塘湖泊连成一体，然后流入龙虎泡、连环湖、南山湖，最后消失于杜蒙草原。

失去了河道的乌裕尔河，下游的河水漫溢而形成了旷然无际的淡水沼泽——漂筏甸子、苇荡、苔草，藻类……年复一年蓬勃生长，终于成为一片专为丹顶鹤以及其他大型鸟类、鱼类构设的天堂。谁能说迷失的乌裕尔河，不是由于领受了上天的旨意，才有意在扎龙一带滞留徘徊不去的呢？也许需要很多年才能参悟，那些貌似迷途与涣散的大水，其中蕴藏着自然之神所授怎样的玄机与奥秘？我们无法得知那些白色的大鸟，究竟是在哪一年的一个温暖的春日，如天上的白云一般飘来，轻轻降落在碧绿的苔地上，然后轻歌曼舞、筑巢产卵……当我来到这里的时候，我眼前的这片绿色沼泽，已成为白色大鸟年年不离不弃的圣地和家乡。

如今在扎龙自然保护区内，栖息着本地鸟类260余种，以大型游禽涉禽例如丹顶鹤、白枕鹤、白鹭苍鹭，还有候鸟、旅鸟，例如野鸭大雁雀类为主；鱼类46种，昆虫277种，还有麝鼠、雨蛙、蚌、鳖等等——在眼前静谧安然的湖沼芦荡中，潜藏着一个何等自由喧闹而巨大的动物乐园。丰茂密实的苇草犹如层层叠叠的墙，在我的视线中看不见一只大鸟。无人的湿地为野生动物设立了一道道天然屏障，将人类无处不至的侵入脚步，阻挡在陷阱一般克敌制胜的沼泽地之外了。

在扎龙湿地，参观的节目其实颇为丰富：录像室可观看扎龙保护区的专题资料片；在野生动物标本厅，可见到生活在扎龙的几十种大鸟形态优美栩栩如生的标本；还有人工饲养在笼中专供观赏的世界各地的仙鹤种类；最后将见到冬夏常年驻寨扎龙的成群丹顶鹤留鸟。

登上保护区管理局专为观鸟所建的五层楼高的望鹤楼，只见碧水连天，芳草连天；水外有水，水天一色；湖面上浮漾着一圈一圈若隐若现的"涟漪"，波斯地毯图案似的静止不动。管理局的李长友局长说：那是野生菱角，开花时节，湖面就会变成一片金黄。

从望鹤楼五层平台的望远镜镜头里，我终于远远地见到了两只东方白鹳。它们踞在一根木桩顶上搭起的草窝里，正在喂养刚刚孵化不久的雏鸟。据说这种鸟专栖于树顶，但沼泽无树，扎龙人为"引凤"而特地架起高高的树桩，搭起密密的窝巢——尔后苦等长达8年之久，终有一对儿白鹳自远方飞来，将扎龙视为故园，从此留守不去。在保护区内碧绿的堤埂上，我看见一只雪白的雌天鹅，正在一块高地上的阳光下耐心孵卵，雄天鹅在堤下的水草边，泰然梳理羽毛……

今年春夏齐齐哈尔遭遇大旱，为保护湿地的自然生态，市政府紧急决定，调放上游水库及嫩江水源，为扎龙湿地大量补水，湿地是东北平原之肺，黑土地重又顺畅呼吸。在沼泽的边缘静静谛听，苇草深处传来声声鹤唳，如长笛婉转、小号脆昂，远播天外。

通灵仙鹤

这是扎龙保护区的一项"绝活"——丹顶鹤留鸟的飞行表演。

那群白色的大鸟，从湿地边缘一处高地上的"放飞场"中结队走出来亮相的时刻，一个个长腿长颈、昂首挺胸，洁净而矜持；一身素衣白衫配一顶精巧的小红帽，服饰整洁而精致。它们眺望远方，遥望长空，静默地各就各位等待出发。忽听旁侧的养鹤师傅发出一声类似鹤唳的长鸣，那几十只大鸟先后拉开距离，踮起脚尖，张开阔大的白色翅膀，呼扇着悠悠起飞；一阵强大的气流，如风如雨，从我头顶掠过，我的头发被吹起来，裙子被掀起来；那个瞬间我看清了它们巨大的白翅上，镶满了黑色的尾花；眼前飞旋的白羽如雾气升腾，一时遮天蔽日；须臾间，洁白的鹤群已迅速升空，前后错落有致，一顶顶小红帽破云领先，长脖似剑，长腿如桨，舒展的翅膀柔软轻盈如朵朵祥云，飘飘欲仙；惊鸿一瞥，蓝天下只见一道道银光闪烁，那不是鹤在飞翔而是云在飞扬……

那个时刻，北国的天空中，云朵隐没不见，被盘旋的白鹤覆盖了。

那个时刻，北国的夏季，清凉的大雪纷纷，如旗如席，迎风漫卷。

我从未见过近在咫尺的美丽大鸟，如此生机灵动、翩然乘风翱翔。

它们像一群崭新的超音速机群，在蓝天下进行着庄严而优美的飞行表演，间或变换姿势和队形，彼此配合默契；它们像一群天外来客，白色的精灵与天使，因对地球情有独钟而不思归去；它们硕大的翅膀从空中掠过，转了一个大圈儿，在地面投下移动的暗影；然后缓缓地缓缓地下降，一只接着一只，落在远处翠绿的沼泽地里。

丹顶鹤降落的姿态也是极为优雅的——在下降的过程中，逐渐减小翅膀舒展的幅度，慢慢收拢身后那两支颀长的"起落架"，就在即将接触地面的一刹那，身子前倾，弯曲的双腿迅即伸直，然后稳稳站立。此时巨大的翅膀已全部合拢，几近天衣无缝地覆于背部，翅膀张开时那边缘上黑色的羽花，犹如一把收起的伞，变成了一撮黑色的尾翼自然垂落——这一系列动作完成得如此漂亮而利索，令人叹为观止。

却有一只"逃飞"的懒鹤，一直留在草地上东张西望地蹓跶。它用长喙调皮地啄人，却又保留着对人的高度警惕，你进一步它则退一步。丹顶鹤是一种温和却极为机警的大鸟，我无法抚摸和亲近它。在鹤类驯化场，专为白鹤"接见"并与远方来客留影而设立的园中，扎龙鹤群中那一位最聪明漂亮的超级明星，从笼中款款走出，一派训练有素的国际模特风度，然后轻轻迈上树桩，长长的黑颈随之昂然翘立，迅速摆好了与人照相的架势，仪态万方。听得相机咔嚓一响，照相完毕，便迅速走下树桩，掉头而去。只有在池塘边洗澡的一群雏鹤，乳黄色的羽毛未丰，浑身湿漉漉地滴着水珠，摇摇晃晃地追来逐去地玩耍，一副未历世事、天真无邪的模样……

在扎龙保护区内的世界珍贵鹤类展览园中，见到形态各异的多种美鹤。其中有一只蓝灰色的赤颈鹤，来自印度斯里兰卡，身材奇高几乎像一只幼年长颈鹿，羽毛油亮线条流畅，红颈银衣，头顶一朵菊花状的帽冠，每一根挺拔的冠须都金光闪烁，犹如一顶金质皇冠。故而步态傲慢，颇有王者风范。赤颈鹤生性凶猛，忽抬头昂然长啸，声如洪钟……

都说鹤通人性，一夫一妻制终身相守。雌鹤每年春季产卵两枚，若遇意外事故，雌鹤还会再次产卵两枚，直至成功孵化，可见仙鹤的天性中具有计划生育意识。鹤蛋呈灰白色，上有浅褐色斑点，由雌鹤与雄鹤轮流孵化，共同养育幼雏，夫妻恩爱平等，令人钦羡。只是听说曾有一只雄鹤因常常外出拍电视上镜头，受到外界诱惑，竟然移情别恋，跟另一只雌鹤远走高飞。它的"原配"痛心之极，在扎龙老窝上空久久盘旋，风声鹤唳，凄厉悲怆，哭声催人泪下，最后这只雌鹤不得不离开扎龙这个伤心之地，不知去向……

扎龙湿地的丹顶鹤群中，有过多少感人至深的亲情友爱呢？然而，仙鹤有爱，却不会有恨。面对至情而圣洁的仙鹤，人类是否多少会有些愧疚？

鹤的舞蹈

我相信自己与鹤是有缘的。上个世纪六十年代末，我从杭州到北大荒下乡时，报名的那个农场，就叫作鹤立河农场，隶属鹤岗市。想来在很久以前，三江平原湿地上，一定曾经自由地生活着许多许多白鹤灰鹤，此地因鹤得名。

但我到达鹤立河农场的连队时，几乎已经见不到鹤的踪影了。水库边草甸深处，偶有一只白色的长脖老等，细脚独立、低头于浅水觅鱼，有人走近，它便伸开翅膀迅速仰天起飞，单腿忽而变成两根，垂直悬挂于身后，瘦腿伶仃，白羽飘飘，大有仙风道骨之态。那一刻我几乎惊呆，尔后激动不已，从此固执地将此鸟认做白鹤，以给自己一点心里安慰。

但事实上，那时候三江湿地已被大规模开发成农田，鹤立河早已徒有虚名了。

1977年，我带着关于白鹤之梦的破灭与一线尚存的人生理想，来到哈尔滨读书后又留在那儿。有一天，在事先完全没有任何预兆的情境下，白鹤突然出现了——它们以舞蹈的姿势，猝不及防地闯入我的视线。那是我生命中值得庆贺的幸运之日，后来的岁月中，它仍不断地令我陶醉与回味。时隔20余年，当时的情形仍清晰如初、历历在目——

那是80年代初一个春天的清晨，我与一位邻居大姐约定去哈尔滨市动物园晨练。我们似乎是被一阵阵嘹亮的号角，或是高亢的呼唤所吸引，闻声走到了一座高大的丝网笼前。那一刻我的呼吸都几乎停止了，我看见了一群白色的和灰色的大鸟，不，是一群真正的仙鹤，正在笼中翩跹起舞——

　　银衣白裙飘飘,身材修长流畅,长颈长腿灵巧敏捷,灰褐色的眼睛彼此深情地凝视对方——它们几乎具备了天才的舞蹈家应有的一切优势,还有内心热烈而疯狂的激情。它们在清晨的第一线阳光中从容地展开了巨大的羽翼,然后轻盈地弹跳,凌空扑转,就像踩着音乐的节拍,一步都不会乱了方寸。伴奏的音乐流淌在它们的血液里,我们人类是听不见的。一只白鹤高雅地踮起足尖,将长喙伸向太阳的方向,一次又一次,总是与其他的鹤擦肩而过,然后一个华丽转身,在笼中奔跑翻腾,掀起一阵忧郁的尘雾——这是白鹤的单人舞,高傲而又孤独;而双人舞的风格则完全不同,那是热情奔放而又光焰四射的:双鹤颈项相绕,四足灵巧地此起彼落,每一个动作都在互相呼应,就像人类的拉丁舞那样配合默契;它们不停地追逐嬉戏、煽动着翅膀换位拍打,像是在拥抱与抚慰对方;鹤似以腾跃示欢喜、以展翅示仰慕、以交颈示情爱、以啄羽示亲近;那般缠绵悱恻、难舍难分;那样扑朔迷离、如影随形;鹤们纵情狂舞的时刻,旁若无人,在天地间释放着求偶的全部渴望与爱意,忘我忘情如痴如醉,令观者惊羡惊诧。当笼中所有的鹤们都一同起舞时,犹如风起云涌电闪雷鸣,一场气势磅礴而壮美的集体舞开始了,整个笼子似乎都在震撼。我听见了雄浑的交响乐、还有旷野春风的呼啸。我相信天下所有见过鹤舞的人,都会被它们的真诚率性而深深感动。

　　也许再没有哪一种动物,能比鹤的舞蹈更奇妙更精美更富于感情色彩了。二十多年前我曾见过笼中之鹤的舞蹈,从此终身不忘。但也因而有一丝悲哀挥之不去,我只能想象着那些栖居在蓝天野地的鹤群,大自然辽阔的舞台,会使它们的舞蹈更加舒畅与自由。

　　在扎龙见到一位春夏常出没于沼泽,业余拍摄野生鹤群的企业家王克举,并参观了他自费建立的扎龙梦鹤苑主题公园。前后十余年,他拍下野生鹤冬夏生活形态图片近万幅，以这种方式，将仙鹤自创自演的舞蹈，在镜头中永久珍藏。在梦鹤苑几排红砖平房的白墙上，悬挂着几百帧扎龙丹顶鹤与大天鹅的艺术摄影图片。色彩光影、雪雾水波、鹤立鹤飞、鹤鸣鹤舞，千姿百态，让人流连忘返。

当然还有更为重要的另一种形式的挽留，留住湿地沼泽——适宜野生丹顶鹤居住的自然生态环境。齐齐哈尔市政府及扎龙保护区，在这20多年间竭尽所能、不遗余力。李局长告诉我，扎龙的当务之急，需要设法将苇荡中遗存的几十家农户，全部迁出保护区。

北大荒是仙鹤的故乡。据悉，当年知青大量开垦的湿地，近年已陆续退耕还草。

我相信自己是与鹤有缘的：我的两个外甥女，（我事先并不知情）公爹为她们各自起名为鹤立与鹤飞——愿以此怀念那些美丽的白色大鸟，再不会被我们忘却或忽视。

2003 年

夏威夷鱼湾

夏威夷火奴鲁鲁岛。

从岛上陡峭的山崖往下看，那片海湾切入山谷，呈溜溜的半圆形，镶一圈弧圆的金沙滩，立着几棵孤零零的椰树，不过是个普普通通的海湾。正逢秋季，岸边的杂树草木露出稀疏的焦黄，显得有几分苍凉。一眼望去，湾里灰绿色的海水不是想象中闪烁的宝石蓝，反而有些暗淡，海底模模糊糊地长着一堆堆黑黢黢的礁石，在海湾里形成湾中之湾，俯瞰下去，有点像一幅地图或是沙盘。

朋友国斌说，这个湾的英文名字，译成中文，差不多是"弯湾"的意思。

果然是一个弯的湾。白色的海浪从远处的海面呼啸扑来，一入湾便受阻减速，海湾里犹如一个巨大的游泳池，刹那间波平浪静。弯湾是欧胡岛海岸上著名的天然浴场，游客的脚印铺满沙滩，泳者的浴帽在海水里起起伏伏。

踩着细沙朝海里走，才见海水的清澈，竟如泉水一般透明。根本用不着防水镜和透气管子那全套美式装备，只须径直往前走，眼看着水下琥珀色的沙滩缓缓向海中倾斜，视线所及处把海底都看透了。下午的阳光从山坡后面斜射过来，海面犹如漂着无数个小镜子，一闪一闪地反光。再看脚下的海底，一个光斑套一个光斑，微微荡漾、烁烁跃动，组成一片巨大的斑斓图案，把十个脚趾都燃成点亮的烛了。

一道蓝色的闪电，从我脚边一震一颤而过，重又没入蓝色的海水中。

一团金黄色的光影，在我眼皮下掠过，在海面上搅起一片灿烂的波纹。

一片五彩缤纷的海石花，从海底升起来，蹭得我脚心痒痒。

它们自由自在地在海里徜徉，悠然自得地穿梭于泳者的臂弯之间，悄没声地潜过来，又轻灵灵地漾开去。它们竟然是不怕人的，还有些喜欢的样子。

那一刻，我惊奇得连呼吸都屏住了，愣了好一会儿，长嘘一声说：哇，是鱼呀，真的是鱼！

阳光下明晃晃的海水中，我站稳了脚跟弯下了腰，它们就在我的眼前、我的身边游弋，无须寻找，它们自己就威风凛凛地排着队巡视过来了。大鱼总是独来独往的，身子一尺来长，多为银灰色和纯蓝色，背部有金色的镶边；橘黄色的鱼身上分布着黑色的斑纹，晚礼服般华丽庄重，慢吞吞很绅士的模样；小鱼一群群集体行动，齐齐地列队同游，有仪仗队的风度，满身色彩绚丽，花纹同家养的热带鱼一模一样。它们穿行在露着肌肤的泳者之间，泳者灵巧如鱼，鱼如泳者光滑，令人难以置信地呈现出一幅人鱼共浴、亲如一家的奇景。大鱼小鱼旁若无人地贴着人身擦过，吐出一串气泡，水上飘来了海洋深处的气息。

有个年轻男子立在齐膝的浅浅的海水中，他的脚边，十几条颀长的鱼围起了一个圆圈，头尾相接，鳍翅轻摇，像是手拉手的集体舞。他微笑着一动不动，只有嘴唇在喃喃动。他在同那些鱼们说话吗？否则人和鱼怎会都有一副陶醉的表情。

鱼啊鱼啊，不是在餐桌的盘子上见到你们时，你们怎么都不像真的鱼了！

我忍不住就扎到水里去了，好把这些鱼都拥在怀里。游泳吧，和鱼儿们一起游泳。它们到这片海湾，也许就为的是与人一起游泳。鱼们果然来了，用它们湿漉漉的唇，亲吻我的肌肤；用它们柔软的尾鳍，撩我的额头；它们与我肩并肩地游，就像一条条护航的舰艇；它们沉到了水下，像是要托着我游，我清楚地看见它们从容优美的身姿在水波的光影中摇曳，幻化成美人鱼的水上芭蕾……但若是朝它们伸出手去，想要摸一摸鱼身美丽的曲线，那些鱼倏地一闪身躲了，顿时没了踪影。

为什么还要游泳呢？就像一个假装文明的入侵者。这里本是鱼的天堂、鱼的乐园啊，鱼才是这片海湾的主人。那些黑色的礁石是珊瑚，石缝里藏有丰富的浮游生物，鱼们因觅食而来，与石为伴，已在这片海湾里生活了很多很多年。由于它们的友好与宽容，才接纳了人类与它们共同嬉戏；也由于人们的克制与善意，鱼们留在这里不再离去。可是，在这原本属于鱼的海湾里，我仍觉得自己有些多余了。

我从水里站起来，任凭咸涩的海水从泳装上一滴滴滑落——我不想再游泳了。

那个时刻，我真想变成一条鱼，一条无忧无虑快快乐乐的自由鱼。

一条不会对天空海洋构成破坏危害的吉祥和平鱼。

我对朋友说，我要把这片海湾叫作"鱼湾"，是鱼的湾，不是钓鱼的湾。

在我们的地球上，还有多少这样的鱼湾呢？

2000 年

石头记

嘎仙洞探奇

那些居住在大兴安岭深山里的鄂伦春人，都叫它嘎哩仙洞。

"嘎仙"一词系鄂伦春语或满语"嘎姗"之音，意即村屯；在锡伯语中，意为亲生的故乡。很久很久以前，村屯和故乡是同一个意思，村屯即故乡。嘎仙洞从得到祖先的命名起始，就被赋予了独特的历史使命，注定了将要在以后的悠悠岁月中，作为一种象征和佐证，长久地存在并传诵下去。

村屯——那些从冰雪中集体狩猎归来的骑手，在通红的篝火上烤着鹿肉或是狍子肉，原始的鼓乐伴着酣畅率性的萨满舞蹈，接通天地的神灵……

而如今一切都已消失，只留下它，大兴安岭北段顶峰东端的嘎仙洞。

嘎仙洞峰峦层叠，树木参天松桦蔽日。洞口悬于峭壁之上，高出平地约 25 多米。洞口西南向，阔大，呈三角形，犹如一座隐蔽于林中的营帐。

故乡——两千多年前的兴安岭，密密的灌木林中有清清小河流过，穿着兽皮袍子的姑娘用牛皮口袋汲水。石碴子下停着一只桦树皮小船，小伙子锋利的刀刃在星光下闪耀……

而如今一切都消失了。只留下它，沉默的嘎仙洞。

二十世纪八十年代初，当后人终于在洞内西壁距洞口 15 米处，发现了石室洞壁上留下的摩崖铭文时，嘎仙洞已经在大兴安岭东麓阿里河畔，默默等待了许多个世纪。后经考古确认，嘎仙洞为拓跋鲜卑祖先发源地。北魏太平真君四年（443 年），北魏王朝曾派遣中书侍郎李敞等人，回到这先人故土祭祖祭天，并在洞壁上镌刻祝文以示庄重纪念。

我第一眼望见它时，觉得它并不十分像一个山洞，而是悬筑在山腰上的一座气势轩昂的庙堂，令人产生一种朝圣之感。迈步进洞时，觉得它更像一所巨大的石砌大厅。厅内静极，静得人似在真空中一般失重起来，心里浮漾出一种神殿的幻觉。

嘎仙洞，灰色花岗岩的穹顶竟高达二十多米，冷冷地俯视着洞厅地面黑色的泥土。泥土散发着几千年沤烂的腐叶气息，或许在护卫着沉积在地下至今未见天日的文物。洞厅宽敞宏大，像一个气派的会议室。中央有一块巨石，一头翘翘着，一头又极沉重地塌陷下去，埋进厚实的土层，像一个即将沦陷的秘密。洞厅渐渐往里缩小，成 A 字形。自然光弱下去，洞壁阴暗起来，地面凹凸不平。有大石块横空出世地兀立，通道突然朝上斜去，黑森森不见五指。有人打开手电照亮，只见洞壁仍往里延伸，越发窄而陡。穹顶的石壁上还有凹进去的小洞，莫测地龇牙咧嘴……

恐怖、惧怕；威严、神秘、原始宗教的虔诚，从洞顶徐徐笼罩下来，笼罩下来……

两千多年前，在这个山洞里，曾经生活过一个弱小的民族。岩洞为他们遮风避雨、抵挡严寒。洞里燃过熊熊火堆，取暖、烘衣、疗伤；洞里回荡着男人豪迈的笑声、女人生育的呻吟、婴儿纯真的啼哭……

他们创造了自给自足的洞穴文明，那些尖韧的骨器、锋利的石刀、华丽的兽皮、羽毛、陶罐……都被埋藏在那阴湿的黑土下了么？只留下一个空荡荡的嘎仙洞遗址。

阳光从洞外缓缓的群山后斜射过来。洞口北侧石壁上的石刻祝文，明晰可辨：

> 幽人忘遐、稽首来王。始闻旧墟，爰在彼方。悠悠忘怀、希仰余光。王业亡兴，起自皇祖。绵绵瓜瓞，时惟多祜……

这是纪念鲜卑人从何而来，因何而去的悲壮文字。远在公元前的世纪之交，拓跋鲜卑的祖先，毅然走出山洞，弃下这宽敞安全的嘎仙洞避风港，抛下这满山猎物、草肥水美的兴安岭故乡，走出莽莽山林，越过重重大山，风餐露宿历尽艰辛，一路向南向南，走得义无反顾，走向"饥寒流陨、相继沟壑"的黄土高原。漫长的岁月里，他们逐渐和强健的匈奴人联姻联手、结盟融合，演化为拓跋鲜卑人，变得越发骁勇无敌。在接受了汉文化的智慧之后，日益精进所向披靡，终成北方一霸；继而逐鹿中原横扫群雄，定鼎大同，建立了历史上赫赫威严、虔诚向佛兴佛的北魏王朝。

他们究竟为什么会离开嘎仙洞、走出嘎仙洞，去往前途莫测的中原呢？

千古之谜，众说纷纭。部落分裂？权利纷争？食物？人口？没有文字的历史，湮灭在今人的疑虑之中。鲜卑人离开嘎仙洞的原因，已变得不那么重要，重要的是，他们崇仰尊重更为先进的文明，勇于结束穴居野外茹毛饮血的生活，放弃愚昧和野蛮，敢于闯荡天下、开疆拓土去创造新的生活。这不是一个安分守己循规蹈矩的民族，而是一个极其善于学习、弃旧图新的民族。他们的体内冲撞着激情的热血，他们懂得选择并主宰自己的命运。路途遥遥岁月漫漫，无论遭遇怎样的艰难险阻，都未能阻挡他们南迁的脚步……

如果他们一直留在嘎仙洞里，狩猎采摘，固守这个与世隔绝的封闭部落，古鲜卑人永远不会成为拓跋鲜卑，中华民族的文明史上也不会留下北魏王朝的浓墨重彩。当拓跋鲜卑人入主中原之时，他们创造并书写了游牧民族与农耕民族融合的历史篇章。

我曾到过许多风景胜地的大型溶洞。但这荒山野岭中鲜为人知的山洞，却令我如此震惊，如此沉迷。它没有奇异的暗河钟乳石笋供人欣赏，但它以自己真实的存在和气魄，激发起我内心隐隐的骚动、潜藏的不安以及默默的自省。

走出嘎仙洞时，我忽然觉得它熟悉而亲近。也许我的祖先就曾在这里生活过，也许我的祖先就从嘎仙洞出发，一直走到了南粤……

1984 年

沉默的火山石

　　距今几十万年前，它曾爆发过。冲天而起的烈焰和岩浆熔化了冰山和白雪。

　　距今二百多年前，它又一次爆发，金色的熔岩覆盖了北方的黑土地。

　　它沉默下来后，留下了这十四座形状各异的活火山，无声地伫立于北国边陲的原野上。

　　火山与火山之间，是串珠相连、暗河相通的五个晶莹的湖泊，被称为五大连池。五大连池的水，是从火山心脏里、神奇的冰洞里流淌出来的，温泉冷泉，都是名贵的药泉。

　　悠悠蓝天白云之下，远远地，望见了黑色的山和绿色的水，是那种透着北方野性气息的黑和绿，走近它，便感觉着一种沉默的战栗，牢牢地攫住你。

　　进入火山初时，犹如面对一个巨大的露天煤矿，一块刚刚深翻过的黑土地，一片废弃了的石油井场……它看上去寂寞而荒芜，荒芜得几乎有些令人恐惧，像是降落月球的表面，令人生出惶然的虚无。火山石至今仍栩栩如生地演示着当年地球山崩地裂的形态——高高耸立的熔岩柱、熔岩塔、熔岩丘，欲奔欲飞、如盘如坐；凹陷下去的熔岩河、熔岩湖、熔岩海，涡流旋转、浪涛汹涌；岩峰上的簇簇石花，恰似翻滚的浪花，推波助澜气势磅礴。

那座火烧山，真的就像刚被一场大火烧过，浑身披一层焦黑的灰烬，从山脚到山顶寸草不生，在阳光下发出乌金般的光泽。200多年前汹涌的熔岩溢出口，将山体割裂成两半，如今那山的形状仍保持着一种凌空腾飞的舞蹈姿势。上山无路，浮石遍地，当年奔腾的岩浆清晰可辨，一副凛然不可侵犯的架势。只好想象满山滚动着卵形纺锤形的火山弹、火山砾、火山渣，好似刚从炉子里掏出来，冒着烫手的火星，一脚踩上去，还会发出吱吱的响声。千里冰封的冬天，原野一片银白，火山口却是热气萦绕。

老黑山比较温和敦厚。很久很久以前喷发过的激情早已冷却，被岁月风化的岩石表面，长出了灰色眉毛般的地衣和绿色胡须一般的青草。沿着北坡的石阶上山，深深的峡谷中突兀地冒出一片郁郁葱葱的火山杨，当地人称它为地下森林。石阶也是由黑色的火山石砌成，石头里密布细微的气泡。再往上走，开始穿行在一片片低矮的黑桦树丛中，黑桦枝干扭曲，老态龙钟，树叶却油光锃亮。偶尔地，路边会出现一种叫作老鸹眼的植物，玛瑙般的串串红珠摇曳枝头，酷似一双双滴血的眼睛。从那红绿相间的果叶下，衬出地面一层层火山喷出物堆积的黑褐色山体，老黑山便越发地显得深沉。

登上山顶时，风突然就大了。像是一道疯狂的涡流，载着当年火山爆发的余威，从山谷里旋转着升起，飞沙走石，熔岩般奔泻肆虐。好容易在风中站定了，睁开眼，只见自己立于悬崖之缘，身子似已凌空，面前是一个巨大的漏斗状的火山口，也称喷气锥。火山口底深约百十米，上部圆形的敞口宽度像一个广场，直径少说也有几百米。内壁巍峨陡峻，险石峭立，凝固的熔岩流坍塌成一片碎石，厚厚的火山灰黑森森乌黢黢，"竖井"内没有绿草也没有人迹。

面对老黑山敞开的焦灼而灰暗的心怀，我犹如面对一汪干枯的死湖。湖中空空荡荡，空空荡荡，希望之舟远去，风中飘浮着失望和愤懑沙砾。

我犹如面对一只呐喊着再也合不上的大嘴，被凝固的岩浆活活堵住了喉咙。

亦如面对一剜永不能痊愈的伤口，黑血汩汩，无声流往心的深处。更如同面对宇宙间遥远的黑洞，面对着即将到来的毁灭，一切世事浮云都将被高于地球质量亿万倍的原子核所吸收所吞没，万物都将化为乌有。

于是那一刻老黑山令我崇敬令我膜拜，它的存在昭示了末日的苦难。

回身转首，只见天地浩渺，云海苍茫。视线可及之处，穹形的天庭之下，十四座灰蒙蒙的平顶秃山，彼此拉开着距离，静静地散落于绿野之上，如一座座海中孤岛，悄然无语。再细看，可发现这十四座火山锥呈东西两组有规律排列，每座都落在北东和北西方向的两条线段的交叉点上，构成了几个"井"字，此景实在罕见。

老黑山并不孤独。十四座火山是一个沉默的集体。黑暗的夜空中，也许它们之间有炽热的交谈。它们在地表下将手紧紧握在一起，奔流的岩浆是心的通道。

我听见空湖底部传来岩浆奔突的悲歌。火焰熄灭时，灼热黏稠的熔岩逐渐冷却，山下遍布黑色的火山石。

在老黑山东边 3 公里处，有一条熔岩河，当年液体岩浆，好似爆发的山洪、泛滥的江河，从火山口咆哮涌出的原始形状至今保留完好；

表层有纵向条带状的波纹，层层向前推进，有时岩浆流速急，卷起一个个深深的漩涡，好像至今还在不停地旋转。

老黑山东边 1 公里多处的丛林中，有一条熔岩瀑布，它在陡坎上流了一阵之后，突然断裂为左右两股，犹如神匠用硕大的钢钎，在陡峭的悬崖上凿出一个顶天立地的"人"字。其中一撇之宽，竟有 15 米之多。它挂在崖壁之上，跌宕起伏，凌空落下，直捣深潭，终于凝固不动，傲然屹立。

石海石塘石田石滩都给人以无穷无尽的想象。有一丛丛盘根错节、藤蔓纠缠的灌木丛；有一根根原木排列整齐的森林"伐木场"；有蜷曲蠕动的爬虫和难解难分的蛇"结"，还有各种妙趣横生、形状逼真的动物造型，其中最数那只蹲在地上仰天嗥叫、神态憨拙的大黑熊可爱，游人为它起名："朝天吼"。

我在石滩上随意捡起了一种火山石：漆黑如墨，凹凸不平，疏松多孔，上面布满了蜂窝似的圆眼儿——可见当年火山蒸腾留下的气泡和痕迹，听见火山当年震天动地的吼声。我放它在掌心，轻极，轻得几乎没有重量——它是一次最炽热最充分的燃烧后的灰烬。

我从那么遥远的北方带它回到家中，深夜的寂静中，我期待着从那细密的小孔中，传来如今已沉默多时的火山的喃喃低语。我想它的话只说给听得懂它话的人。

然而只有沉寂，死一般的沉默。它是无话可说还是被剥夺了、被抑制了说话的权利？我不知道它的沉默还要持续多久？我的眼前抹不去老黑山顶上那个巨大的喷气锥，像一只永远合不上的大嘴。那张开的喉咙若是一旦开始呐喊，五大连池又是另一番景象了。

1992 年

仰不愧于天

用最后一点力气登上十八盘最后一个台阶，你以为登上了泰山之巅而实际上你仅刚刚叩开了天门。天门外有长长的天街，世界在那儿骤然一片迷茫混沌不见天日。

缥缈的白色纱幕由深邃的天际漫入无尽的地界，时而悠悠时而切切地拥着你，擦肩不知、拂面不觉，几步之外人影绰绰，含蓄如皮影戏。周围的窃窃笑语被朦胧的视线阻隔，声音似从天外传来。

步履越发地滞重，却能感觉到自己是在继续地上升着，往那若隐若现、不胜幽寒的山的最高处，一步一步地挪移。浓云如织，密雾如锁，我看不清同伴的面容拉不到同伴的手，只觉得我吸进去的是云，吐出来的也是云；我走出了雾又融进了雾；我驱动着风又被风所驱动；我划破了那白色又弥合了那白色；我飘飘欲仙却又走投无路；有一刻我几乎觉得自己被丢失在一个谁也不知道的地方，我仅仅是被那无声无形的气流所托举所指引，引我向秘不可宣的九重天外攀寻。

它一点也没有违背我的想象。我梦中的泰山，是神游于云海雾浪中的一只大鸟，与天空融为一体。这座大山折磨了我这么多年，全然不是因为它"五岳独尊"、蜚声海内外的累累名声。也许仅仅只为我每一次回江南探亲的途中，它总是突兀地从铁路那一边远远地钻出来，裸露半壁峭岩，神神秘秘地在云笼雾罩中一闪而过……

山路蓦然而止，如一双牵拉着你的手轻轻放下。缠绵的云雾悄然散去，头顶似有荧屏般的天光闪烁。荡逸的风烟中，一座土红色的庙宇，傲然立于泰山极顶的天柱峰之巅。

极顶石就是在那个时刻显现的。

它静静地蹲在玉皇庙正殿前一圈八角形的花岗石围栏之中，由数十块圆石组成。高不过尺，宽不过丈，大石如磐，小石如磨，错落有致，紧密相依，石缝间还嵌着几根青草。石前有碑，顶部刻着五岳之首的泰山山符，下书："泰山极顶——1545米"几个红字。围栏与山石本身都呈一种粗沙似的糙米色，表面坑坑洼洼，有疏疏朗朗的浅淡麻点，并不显得怎样的深远与亘古。伸手去摸，粗粝的石头竟有几分温凉，每个棱角都已被磨得光滑。好似看见几千年间抚平了这石上每一道皱褶的一双双手，洗净了这石上每一粒沙尘的天风天雨。

那个瞬间，我确信了泰山在一切生命之前的悠悠岁月。

庙宇即古"太清宫"，今称玉帝观或玉皇庙，由山门、正殿、观日亭、望河亭、东西禅房组成。正殿三间，前后步廊式，内祀明代所铸玉皇大帝铜像，神龛上有匾额，书："柴望遗风"四字，可见远古帝王曾登此燔柴祭天，望祀山川诸神。庙宇的轮廓线与玉皇顶山头的轮廓线自然贴合，可谓岱顶形象的完成与延伸。极顶石西北有《古登封台碑》，乃是历代帝王封山时设坛祭天的遗迹。据史料记载，极顶石原埋于玉帝观建筑之下，至明代隆庆六年有个叫万荣的人拆观而将其重建于巅北，出巅石以表之。这一挪便将山极从玉帝的封盖下解脱出来——巍巍泰山之巅，终于连玉帝也要礼让三分。

半生中曾去过许多名山，每每攀到山顶，望众山延绵起伏，峰峦叠翠，似乎那山总是高于此山，便疑惑自己是否真的已征服了山巅极顶。没有哪一座山给予过我极顶之肯定。而这方寸之地的小小极顶石，却如同泰山之缩影，让人从容收入视线之内，举目能及，弹指可触，像是慷慨地将全部的泰山精华一并奉献与你。于是泰山之雄壮里，顿时有了奇巧，伟岸中孕育出诙谐；泰山不再令人因敬畏而顶礼膜拜，却在世人的崇仰中平添了几分亲切之情。

负载着几千年历史与文化的泰山，因极顶之石回归自然。

云雾又起，如一曲若有若无的仙乐，弥漫于峰峦之上。麻黄色的极顶石忽而清晰、忽而模糊，似浸润于大海中的一座孤岛。既离尘世已远，四处肃穆无声。登顶的游人凝望极顶石久久不去，或惊愕、或沉吟、或漠视、或茫然，眼里终是一派寂寂。

据说此地山崖上曾有 14 字摩崖石刻：地到无边天作界，山登极顶我为峰。

我一步步走上岱顶，因之拥有了"我的"极顶石。

然而，人虽因山的托举而高大；因山的导引而征服了山超越了山；但人的高度终于只是山的高度，人只能因山的终止而终止；当人登上山的极顶那一刻，前方的路在何方？

极顶石默然。对于世人的惶惑不置一词，哪怕是一声暗示一句点拨。它只在身旁的碑上准确无误地注明了自己的高度，连一个多余的说明都没有。比之昆仑、比之珠穆朗玛，它也许根本算不了什么高山。一座山只有一座高峰，亦如万物运动中享有的盛期。那个数字是一个句号，画定了句号就该重新开始。它仅仅只是一座泰山，它不是宇宙，不是太空，它不是无限的。如果它想要获得一个新的高度，它务必在造山运动中将自己再沉沦一次。

据史料记载，泰山大约形成于 3000 万年前的中生代中期。泰山地质由世界最古老的岩石之一构成。25亿年前太古代，剧烈的地壳活动使鲁西地区沉降带原先堆积的岩层褶皱隆起成为古陆，形成规模巨大的山系，古泰山随之由海底冉冉升起，露出水面。后又经过近20亿年的长期风化，地势渐趋平缓，到距今6亿年前的早古生代，华北地区的地平面陆续开始下降，古泰山重又沉于海中。

它在黑暗的海底默默等待了1亿多年，至早古生代末期，古老变质岩的剥蚀面逐渐沉积，海底再次抬升为陆地，古泰山便隆起为一个低矮的荒丘。距今二三亿年的晚古生代中晚期，华北地区发生了海浸，古泰山成了海中孤岛，后又继续上升。至中生代晚期，泰山在燕山运动的波及下，地壳断裂形成泰山穹窿，而后山体快速抬升，沉积岩纷纷剥蚀，杂岩重见天日，构成泰山雏形。至新生代初期，又一次被喜马拉雅山运动"提携"，开始大幅度上升，再经历了一个3000万年，泰山终于生成一副花岗岩骨架，以嵯峨峥嵘、峻拔高旷之态，顶天立地磅礴于天下。

泰山曾三次沉降，曾遭三次"灭顶之灾"，曾三次被否定，最终却昂首挺胸地站起来，成为巍然而柱天的泰山。泰山是注定要成为泰山的。25亿年磨炼的是泰山的脊骨和自信。

那一刻我忽而发现：极顶石表面朦胧可见的斑斑石纹与凹凸不平的皱褶，酷似一尊巨人的大脑。甚至可见灰黄色的皮质下滚动的智慧与生命。如果泰山活着，泰山定是有头脑的。那颗坚实的头颅顶开岩层，钻出地表，跃上大海，栉风沐雨，生生不息。极顶石不需要帽子的庇护，无遮无掩地裸露着，坦坦荡荡地匍匐，在苍穹下陷入永久的沉思。

它始终昂扬着头。史前、史后，今日、未来，它在永恒的岁月里从来都仰天长啸，与长空共日月。蓦地，十八盘的峭壁上曾赫然入目的摩崖石刻，重又跃入我脑中，那是孟子的名言：仰不愧于天，俯不怍于地——泰山极顶石果然无愧于天。它在将泰山峰顶馈赠于你的同时，也给予了你对于高度的认知。它创造了自己也创造了超越它的人。

在距极顶石几步之遥的玉帝观外石阶下，立有一座高 6 米、宽 1.2 米，形制方而非方、四面狭窄不等、古朴浑厚的莹白色无字碑。此碑未凿一字，尽得风流。无字碑因立石而不刻其文，在历史上众说纷纭。曾被先人断为秦碑，清考为汉碑，至今又有学者疑为唐碑。无论其究竟立于何朝，终为泰山千古圣迹。何况无字碑立于岳顶登封台下，恰与极顶石互诉心声、相得益彰。在泰山的莽荡天风中，恍惚不辨的无字碑，亦如仰天而无言的极顶石，留给世人一个难解的空白，一种关于重新开始的想象。

1991 年

山野雕塑

仰起头，天空瓦蓝瓦蓝；俯下身，山野碧绿碧绿。

在城里很久没有见到这么蓝的天了，人离天顿时近了许多。

四周满眼都是绿色。青草就那么蓬勃地蔓延着，绿树就那么挺拔地苍翠着。

一股清冽的山泉，从上游急急而下，到这临近村落的山峡，漫成一片宽阔的沟谷，水流被肥肥的嫩草和密密的树荫团团簇拥着，欢喜地缠绕起来。水里有草叶的碎影，伴着溪水缓缓流去，水色渐渐染织得如翠玉莹润。

沟里散落着大大小小黑褐色的花岗石，已被多年的山风山洪磨得浑圆；细窄的溪水弯弯绕绕地从石块之间穿流过去，潺潺不息地，涌上来又落下去。很像是一把柔韧的长斧或锤，还有钎，正在一下一下耐心地凿刻着、塑造着它们，千年万年过去，才有了如今千姿百态的形状。

京郊怀柔县八道河乡交界河村，一条狭长而秀丽的山沟。

人们就在溪边水旁的石头上，随意择地而坐，一伸手就可撩着水了。头顶阳光下的叶影，如山谷里吹来湿润而甘甜的微风，从脸上拂过来又拂过去。

这是一九九三年。怀柔山野雕塑公园的揭幕仪式。"雕塑公园"那几个大字就刻在平地而起的一块光滑巨石上，红绸飘落时，一行字蓦然显现出来。开幕式的横幅荡漾在两棵大树之间，主持人站立在林间一方天然平整石台上；高功率的音响设备，立于溪水之间，音乐与流水共鸣。巨石上两位年轻女子盘腿默坐，架古琴于膝，伴着钱绍武先生朗诵李白的诗句，弦声幽幽，泉水淙淙，空谷传声，余音悠长……

在国内，还从来没有见过一个"会议"，是以这种真正融大自然与艺术于一体的形式进行的。

就连给来宾献花，也献得别出心裁、不同凡响——

那是一大束一大束刚从山上采下来的野花。花形如荷包，浅紫色的口袋花；细碎雪白的山枣花，花瓣上滴着水珠，衬着枝条修长的绿叶，生动烂漫地抖擞着。野花散发着山林野地的气息，像是从地壳深处吮吸出来。花束整齐地浸在沟边的溪水里，新鲜欲滴，枝条根部湿漉漉地淌着水，等待来宾的认领……

我似乎明白这个未来的雕塑公园，为什么要选择在这条不为人知的美丽山沟里了。

由中央美术学院钱绍武、包泡、隋建国几位著名雕塑家发起、筹备、奠基的怀柔山野雕塑公园，坐落在交界河村 15 平方公里的森林山地之间。公园紧邻神堂峪自然风景区和雁栖湖；东边是青龙峡和云蒙山风景区；北边有八道河乡刚刚开发的长城遗址和濂泉响谷瀑布，山林幽深，泉水环绕。近年来村民多已迁往交通便利的山下居住，但坡上一座座石砌的民居依然完好；沟边山上大量的花岗石，是天然的雕塑材料。在未来，松林山崖边会竖立起千姿百态、风格各异的大型雕塑作品，成为一座名副其实的雕塑公园，然后陆续形成一个艺术家聚集并可举行多种文化活动的艺术村落。

以北大美学教授朱青生先生的阐释，它应是"通过人为的努力来增长自然生长的机会。一件艺术作品自己能够长回自然的环境之中，才是它的自然归宿。"

这将是一片神圣的文化净土。素朴而简洁、原始而现代，山水相依、天成地合，这将是人与环境的和谐一致，也是艺术融入自然的丰富实验场所。这里不会有假古董、不会有复制品；没有时尚所艳羡的豪华、更没有争权夺利的恶俗。会有虔诚的艺术家从很远的地方一步步寻找到这里，然后在阳光下和泉水边，用泥土用石头塑造自己的梦想，留下他们的作品也留下灵魂的形状。这曾是无数艺术家们的渴望，然而梦就这样忽然走近了，变得清晰而逼真。

钱绍武教授的话音在山谷树林间回荡。声音被人记住时，也成为一种雕塑。

雕塑公园从一开始构思，就是大手笔。

交界河村将建成一座雕塑公园，也许是一个偶然。但偶然却常常是一种缘分。

那条绝不比黑龙潭逊色的峡谷未开发时，山崖的瀑布无名。八道河乡年轻的乡长和书记，找到了包泡和中央美术学院的青年教师们。艺术家和乡民一起拿着斧子，披荆斩棘地开出了峡谷最初的通道。雕塑系主任钱绍武教授为诚意所感，也加入了这个特殊的集体。后来就有了"濂泉响谷"这个既雅又美的名字。八道河乡意外的收获，得到了钱老对峡谷的整体开发构想和设计方案——峡谷入口的售票亭、商店、餐馆、别墅，甚至厕所，都使用了本山本土的花岗岩和汉白玉作建筑材料，形如古堡，标新立异。溯山泉而上，处处保持了山野地形原貌，石阶碑刻都是因地制宜，与自然风景相映成趣。乡里原先打算请人制作一座豪华大牌坊，后被放弃了，省下了一大笔资金，如今的设计美观大方又独树一帜。乡民对艺术的别样理解、乡领导的远见卓识，现代艺术的发展趋势，使得村民与最高艺术学府的教授们一拍即合——山野雕塑公园就这样诞生了。

包泡这个激情昂扬的艺术家，包揽了兴建雕塑公园的全部具体事务，无论巨细，手脚并用，就像创作一件正在进行的室外大型雕塑，大得连自己也看不见头尾。

在清风地气中闭上眼睛，能看见未来公园内那些如同雕塑般千奇百怪的房子，以及石缝中的窗户、石上的桌子、大树下的眠床……

还有屹立于山水林木间，将与天地日月同在的无数艺术作品。

所以，能不能说，山野雕塑公园实际上早已就在这里了呢——

雄奇的山峦、宁静的村庄、坚固的石阶小路，那是已被岁月完成的雕塑。

山泉磨砺溪石、山风吹荡古木；云在天顶游走、人在云下思索，那是大自然亲自动手的杰作；是不断创造又不断否定、永远在进行中、永远变幻无穷的雕塑。

鼓乐、人体、岩石与流水——那一天，溪边石上的现代舞表演，已与天地难解难分。那是造型艺术与舞蹈的结晶，是现代雕塑形象的阐述。雕塑原是一个静止的概念，是一种凝固的旋律，但融入自然的现代舞，在这里变成了一种运动的雕塑，塑造出心灵颤动和挣扎中的形态，传递出雕塑作品内在的自由精神。

还有餐桌上的野菜，香椿、花椒叶、木枥芽、龙须草、葫芦条子、玉米面饼子和野菜团子……碧绿金黄、色彩斑斓，盛在农家敦实的大碗里，金字塔一般辉煌壮观。这些新鲜的农家饭，是随时可塑形的软雕塑呀。作者"无名氏"，是山民村姑即兴的集体创作。

面对高山流水，我们已无法判断，什么是雕塑，而什么不是。

1993 年

热石头

远奔鞑靼海峡而去的黑龙江，流经这古老的瑷珲重镇时，留下了长达十里笔直宽阔的江面。

江水缓缓流淌，波澜不兴。上个世纪，江边的陆地常年硝烟弥漫，而江水却一如既往地平静温柔。

人说，十里长堤是出将军的地方。

历史上曾出过多少个将军，史志上有记载。没有同将军一起进入史书的，是战火下百姓的呻吟。

十年，恰好是十年前，我来过这十里江堤。那是一个夏日的黄昏，我默坐在堤岸上，眼看那轮惨红的落日跃入大江，被江心那条锋利的主航道无情地切割成两半。深黑色的大江浸透夕阳的血色，如同鲜红的血浆汩汩流淌。我觉得江水是湍急而紧张的，紧张得没有了呼吸。我甚至感觉到江水的疼痛。我在寒栗与恐惧中紧紧闭上了眼睛，从眼前一片血光与眼底紫酱色的云霭中突现出来的，是江两岸高高的瞭望塔……

所以我绝不会再在黄昏时到江堤去。

这一次，我走向江堤时正是中午。

江堤在顶头爆热的阳光下一览无余地伸展开去，连我自己的身影也蜷缩在脚底板下。堤上一长排杨树浓密树荫，显得潇洒而风姿绰约。

大江就那么温和而柔软地俯卧着，呈现着天空一般的清澄明澈。它黝黑的皮肤似乎因着阳光的抚爱与亲吻，变得细腻而光滑。

没有风，江水悄然无声。

阳光穿过清澈的江面，我看见了江边悠然游弋的小鱼，大江给我亲切的透明感。

有远远的鸟叫从岸边传来。我不知道鸟叫是从这一边还是从那一边传来。江对岸是一片葱郁的灌木丛，隐隐露出桦树白色的树干。我觉得其实江的两岸看起来没有什么两样。

我挽起了裤腿，踩着江滩上圆鼓鼓的卵石朝江里走。

卵石很硬，硌脚，被太阳晒得发烫。这是一条石头打底的江。

水边有一个女人的背影，蹲在一块石头上搓洗衣服。那样空阔的江面、那样蔚蓝的天空、那样绵长的江滩，上上下下、前前后后就只有她一双手荡起的涟漪。

卵石很硬，硌脚，差点就绊着了什么。

是一堆隆起的卵石。从卵石下透出一团鲜艳的红色。那红色还在蠕动，蠕出一摊湿印——确切地说是一个人。一个孩子。不，是两个。两个男孩。离他们不远的江滩上，放着一堆衣服和两只书包。

那两个孩子就那么趴在江滩上，几乎赤裸着全身。呵，那红颜色竟然是条裤衩，湿漉漉地绷在他们小小的屁股上。他们紧紧地贴着肚皮下的卵石一动不动，只是抬起眼睛飞快地看了我一眼。

你们在干什么？我很好奇。

晒太阳呗。那声音从卵石堆里传出来。

晒太阳？我忍不住笑了起来，哪有这么晒太阳的——身子趴在石头上，屁股朝天，上面却又一块块放满了石头。到底是晒石头还是晒脊梁骨？

这么的，干（平声）得快。其中那个大些的孩子微微翘起下巴说。显然这"干得快"对于他们十分重要。那么究竟为什么需要干得快呢？我迷惑不解的目光，落在他们身上唯一的那块红布（红裤衩）上。

你们游泳了吧？我叫起来。哈哈，你们是在晒游泳裤呢，对不对？一定是偷偷跑出来游泳的，下午还要去上课，对不对？

他们惊讶地张开了嘴，惊讶这个被揭穿了的秘密。年龄小些的孩子羞赧地扭过脸去，一只手下意识地揪住自己裤衩。大些的孩子冲我挤挤眼睛，低声说家里的大人不让他们游泳，他们才只好用午休的时间偷偷来游一会儿。

你可别告诉我妈啊。小的央告说。

我笑起来：我从北京来，我不认识你妈，你放心。

也不能让我爸知道。圆眼睛的大孩子补充。知道了准挨揍。他当过兵，知道游过水的胳膊，用指甲划道印儿就能看出来。我俩这么晒一会儿，道道就晒没啦。

老师也不让游。小些的尖下颏的孩子说。

为啥呢？我接上去问。

那个圆眼睛的孩子朝江对岸努了努嘴。——还不是因为那儿。

一块扁圆的卵石从他身上滑下来，他伸出手在滩地上抓了另一块——热乎的石头烙得快，他告诉我。我蹲下身子在周围拣了几块，帮他把那已经散了热的卵石换下来，再把这烫石头一块块小心翼翼地"摆"上去。

快干了吗？

快了。

那两个浅褐色的小人，卧伏在离水边不远的江滩上，活像是两条偶然游上岸的小鱼。倒好像他们的栖息地不应在水里，而是在陆地上。我知道这条大江自二十世纪六十年代珍宝岛事件以来，父母们视大江为孩子们的禁区，江边的孩子很少有敢下江游泳的。

莫非如今这道坚深的防线正在悄悄消失？

我便提起了一个有趣的话题，故意问他们能游多远，能不能游到江对岸？

尖下颏的小脑袋摇得拨浪鼓一般，说如果游过了主航道，就再也回不来了。圆眼睛瞪了他一眼说你怎么知道回不来，爷爷说，总有一天，江两岸的人还可以像以前那样来来去去。爷爷还说，从前，这边江上的船钓到了大鱼，如果有那边船上的大叔招手要，鱼就从空中"飞"过去。他如果学会了游泳，将来就不犯愁……小的那个打断他的话嚷嚷起来，说他学了游泳，是为了长大后到海南去……

怎么，你觉得这儿不好吗？我的心略略地沉了沉。许久，那孩子硬邦邦吐出两个字：不好。

因为啥？

因为打仗。总打仗。江边一开仗，俺们就倒霉。

你干吗不想办法当解放军呢？你到海南岛去是为了当海军吧？你当兵保卫祖国，有枪，啥也不怕！

我以我最熟练的思路和对天下少年之好斗本性的理解，说出了这些我自己也未必相信的千篇一律的话。

然而我碰壁了——他们呆呆地望着我，一言不发。又有几块淡黄色的卵石从他们身上滑下来。

我不想当兵！那个大些的孩子突然大声说。我不想打仗！最好这一辈子再也不打仗！他忽而翻了一个身坐起来，圆圆的石头从他的红裤衩上滚落下去，发出一阵铮铮的响声。我爷爷说他打仗打够了，边境上的人想过太平日子。

那……那你们长大了，做什么？不当兵，当什么呢？我竟然木讷起来，思路一时乱了，许多年前那惨红的江水在眼前流淌。

不知道。那尖下颏慌慌张张地套着衣裤。我注意到他的红裤衩确实已干了一大半。他问我是否已到了两点钟，又说他长大了干什么都无所谓，只要不再打仗。那圆眼睛的大孩子嚷嚷说：不当兵怕没活儿干吗？上游新开了玛瑙矿，那儿的红玛瑙，像电影里一样好看。

如果有一天真的同那边儿拉钩了——他做了一个和解的手势——我就游到对岸去，用红玛瑙石换一个望远镜回来。真的，不唬你，我水性好着呢。我见过最漂亮的红玛瑙，透明的，里头带血丝儿……

他说完，抓起他的书包便一溜烟跑了。那小的夹着鞋追上去。江滩上的卵石在他们脚下发出格愣格愣的响声。

大江温和而轻松地俯卧着，发出均匀而舒畅的呼吸声。

那个女人解开了鞋袜，步入江中去漂洗她的衣服。水很清，望得见大大小小卵石斜斜地铺进江底。没有风，只有一双手，撩起一圈又一圈的涟漪，荡漾开去，好似大江无声地笑起来，笑出了一丝又一丝皱纹。

我在那两个孩子曾经躺过的那片凸凹不平的江滩上坐下来。他们留下的水迹已被阳光舔净，那石头是温热的，散发着阳光的气息。我渐渐沉入一种久违的安宁的氛围中去。

视线很远，江对岸的白桦树闪烁着银色的光斑，此岸与彼岸，实在没有太大的区别——我又一次那么觉得。但愿和平的年月长久更长久，十里江堤不需要再出将军。

1996 年

石砌的史书

"阿斯哈图"是什么意思？——阿斯哈图是蒙语，汉译为"险峻的山峰"。

阿斯哈图在哪里？——阿斯哈图在内蒙古自治区的中北部，克什克腾旗境内，大兴安岭南端黄岗峰北。

去阿斯哈图怎样走？——由北京至赤峰，再到克什克腾旗委经棚镇，然后再往北，车行三小时。在夏季，这是一次绿色的旅程。人和车始终在起伏的草原上穿行，淹没在望不见边际的绿色之中。偶尔掠过大片大片的紫花苜蓿，在风中摇曳的白色雏菊，初冬的雪地一般纯净。绿色是夏季草原的底色，绿色是一种胸怀，绿得安详而坦荡。悠闲散落在原野上成群的红牛黑马白羊，在绿色中浮游，给人以自由有关的种种联想。

是什么原因让你走那么远的路，去阿斯哈图？

——是因为克什克腾世界地质公园独一无二的"冰川石林"。

世上有很多冰川遗址和怪石奇林呵，为什么非要去阿斯哈图呢？

——阿斯哈图是独一无二的。我曾走过的地方，那些秀美的石林都太精致了。阿斯哈图的石林宏伟霸气，我喜欢它磅礴的气势和气度，那种不可一世的傲慢、遗世独立的尊严。

可是草原上怎会有险峻的岩石和山峰呢？

——阿斯哈图在草原深处。把绿色走到尽头，耸立的大山阻断了去路。大山拔地而起，如同草原骠悍的巨人卫队。换车上山，峰回路转，扬起一路烟尘。山脚是一层层茂密的白桦原始次森林，沿途可见灌木草坡交替，是一派高原风光。抬头仰望，山顶嶙峋的巨石轮廓，似乎遥不可及。

阿斯哈图的山峰终于呈现在你眼前的时候，穿着什么颜色的袍子？

——我无法辨别它的颜色，因为它始终在不断的变化之中。灿灿斜阳直射之下，它是暖金色；背阴处却是中性的灰褐；远远的剪影是冷冷的黑；走到近前细细观摩，越发觉得它的调性难以确定。色块互相渗透融合，一抹赭红、一层青灰、一团麻黄、一片蓝绿；当它们混合在一起，就构成了斑驳沉着的杂色，似一座巨大的露天矿藏。我更愿意想象草原的冬天，大雪纷飞，它们在厚厚的雪地上岿然不动，还原成远古第四纪纯银色的冰川。

阿斯哈图的岩石究竟是什么形状，能让人如此震撼？

——我无法描绘它的形状，因为每一座山岩的姿态，从每一个不同的角度望去，都会变成另一种样子。通常，它们会被牵强地解释成各种世俗的物体，被赋予某些象征性的意义，比如塔、鹰或是情侣。但在我看来，阿斯哈图是一座史前古城堡的遗址，高达几十米的城墙巍然矗立、陡峭的烽火台依然坚硬；石砌的通道在荒草中依稀可辨、奇巧牢固的防守工事潜藏在拐角的暗处……那是一个消失了的巨人王国，山峦间每一道高不可及的断垣残壁上，都遗留着当年的巨人营造城堡的痕迹。若是从这一座墙砖走向另一座石壁，要经过开阔辽远的山梁与谷地。在夕阳下眺望周边 5 平方公里范围内四处散落的城堡废墟，我确信巨人王国是曾经存在过的。唯因其巨，而不堪其重。

那么你见到阿斯哈图石林城堡中的巨人脚印了么？

——我见到山坡上以完整的巨石铺就的巨人卧榻。我看到山谷中粗砾的岩石上烙刻的巨人手纹。在荒凉的城堡石壁下，开满金红浅紫的野花，每一片战栗在风中的花瓣，都残留着远古的气息。但我最终被阿斯哈图慑服，是因为阿斯哈图山巅上那些神奇的花岗石，就像一座图书馆，书本摞得一架一架，每本书或方或扁，就像用锋利的刀斧削凿后打磨而成。岁月流逝风雨剥蚀，它们被挤压成棱角浑圆的石块石板，边缘清晰、线条流畅、厚薄均匀，然后整整齐齐地重叠码放，犹如一页页巨型厚纸，最后被装订成了一本本重量级的大书，存放在山峦的高地上。我第一眼仰视它们的那个瞬间，有一种打开翻阅的冲动。我想这石头的书页里，定是藏有文字的，每一页都有葱郁的白桦树林、烂漫的山花作为插图，这是一座用石头史书垒砌的城堡，岩缝里刻录着历史的沧桑。

阿斯哈图，原来是一部巨人的史书。那么，你在其中读懂了什么？

——史书未著一字而尽得风流。我读出了大自然的鬼斧神工，读出了花岗石的固执与坚硬，读出天空的宽容，读出时间的永恒。然而，我听见风声沉重的翻页、听见沙砾迸溅时悲壮的吟咏，那一刻，我知道自己仍然读不懂它，不可参悟的阿斯哈图，解不开的迷思。

你走不出阿斯哈图了，这一座巨大的地质博物馆。

——是的，是图书馆，也是博物馆。回望阿斯哈图，我看见巨石峰尖上的冰山漂砾插入云层，将绚丽的晚霞温柔地撕裂。想象着远古时期冰封雪盖的阿斯哈图，怎样在微弱的暖意中渐渐苏醒；高原隆升，顶开了巨大的冰盖，雪层崩塌；冰川融水，刨蚀浸蚀拔蚀冲蚀，终至水滴石穿水落石出。克什克腾的阿斯哈图石林，是冰川馈赠给人类的珍贵遗产。惊心动魄、波澜壮阔的大手笔，超越了以往所有的文字记录。

没想到，克什克腾竟然是如此奇妙的一个地方。

——它奇妙、奇崛、奇丽，太令人惊叹。克什克腾紧挨着锡林郭勒草原，这座异峰突起的阿斯哈图，纠正了我们以往对草原的肤浅认识。其实，没有巨人也没有巨人王国，地壳的运动才是草原的父母。它们留下了这部石砌的史书，从此将被人们一次次用目光抚摸，然后，记住。

2005 年

大青山冰臼

克什克腾旗的贡格尔草原，是距北京最近最美的草原。

克什克腾的每一寸草地，都有着不凡的来历。在克旗，深呼吸、勤侧耳，脚步轻轻、目光炯炯，全身的感官都高度警戒，不可错过一处的惊讶和精彩。

最让克旗人骄傲的，莫过于克什克腾世界地质公园了，那是需要单章另述的奇特石林。但在我看来，世人尚未所知的兴安岭南端的大青山冰臼，也足够神奇。从远处看，只见草原的尽头突起一座横亘数十里的城池，高墙连天，顶端遍布锋利的兵器旗杆，狰狞凶险，严阵以待。走到近前，仰视大青山，雾气中却见奇峰缥缈，竟有几分妖娆和妩媚。

雾中登大青山，一路惊呼不已。迎面陡立的石壁上，一尊天然的巨佛惟妙惟肖，令人顿生敬畏之心；眼前身后的嶙峋怪石，气势夺人，如一座座巨大的城堡耸之于天，可望而不可即；其险其峻其妙其趣，与黄山可有一比。克旗多白桦，遍至大青山，路边石缝里粗壮的白桦树，树干秀美清爽白净，犹如一个个白衣秀士，隐居山林苦读；路人经过，只把一身纹丝不动的白袍子背对于人，树叶微颤，算是打了招呼。

大汗淋漓中终于登上山脊，众人惊呼，陡然别一番天地：平坦的山顶上，只见巨大而光滑的花岗岩石坡，一座接一座地铺排开去。裸露的岩石黄褐相间，夹有橙红的砂砾，覆有灰绿色苔藓，眼前一片五色斑斓。石坡起伏，以沟壑相连，可知多年流水冲击而成。坡上凹凸处，嵌有无数形状各异的石盆，圆形菱形长方形极不规则；大如缸锅、小如杯碗，深浅不一，当地民间称为"九缸十八锅"。最大的一个石盆，长10米，宽5米，深达3米，内有积土，一株粗壮的白桦树安稳地立于其中，花草环绕，犹如一个巨型天然盆景。小池内若有积水，或蓝或绿，远望像一只巨人的眼睛，不眨不闭、安然凝视天穹。那池水得天地雨露精华，或清或浊，弯腰即可撩水洗面，如入仙人浴场；最奇妙的一个石池，其形不可言传，似地心柔软的岩浆，曾被一双神手捏玩，做成个独具匠心的模具，冷却后就成了多角章鱼或是海龟化石；池内那一汪清水，以石成形，因此变得有棱有角。更有一奇绝的石池，两端皆有光洁的细槽，如漫漫岁月之水，从这端流入，又从那一端流出去了……

那一刻的感觉，犹如降落于一个星外的魔幻世界，山顶空寂，昔人已去，空余遍地的锅碗瓢盆，也留下生趣盎然的千古谜语。那石池口小肚大底平，其形酷似古代春米的石臼。直到上个世纪九十年代，经地质学家考证，确定克什克腾的石盆怪池皆为冰臼。大青山冰臼，是目前世界上发现的规模最大、类型最多、保存完好的冰臼群之一。

早在第四纪冰川时期，大青山被厚厚的冰雪覆盖，冰雪层高于山顶岩石数百米。随着气候变暖，冰川融水沿冰川裂隙，自高处飞流直下，猛烈冲蚀基岩，日复一日，以"水滴石穿"之力，将山顶的岩石打磨光滑。当岩石无法承受水的力量时，飞流渐渐侵入岩石的表层，

"磨"出一个个浑圆椭圆的冰臼，形成冰臼奇观。冰川融雪，以柔克刚，悠悠万世，竟将坚硬的花岗岩掏心挖洞，雕刻成了奇形怪状的容器，把冰川当年的英姿，镶嵌在石窝窝里保存了。弱水三千，分一瓢在此。冰瀑雕刻的不是岩石，而是时间。在大青山，可见到消逝的冰川融雪，永远留存在冰臼里的刻度。

而身后的悬崖下，即是坦荡无垠的草坡。草原以青草的方式，纪念着冰川父亲给予它们的生命。

在大雨中下山，浓雾水汽里，一路起伏的高山草甸。金蓝红紫的野花簇簇，被雨水洗得发亮。山梨核桃果实累累，似在花果山巡游。随意扒开湿漉漉的灌木草丛，一陀陀碗口大的蘑菇跳入眼帘，雪莲一般洁白。石阶逶迤，云雾中险峰时隐时现，若是晴天，举目可见花岗岩峰林、天桥石棚怪石——僧石猴石蛇石鹰石美女石……正遗憾，前方山壁忽露一方通透的天然石洞，天光乍泄，山体洞开，像是一扇巨大的石窗，欲为神秘的大青山解密。

下山回望，雄奇的大青山在身后耸立，顿觉克什克腾的草原有了立体感。巍巍兴安岭延伸至南麓末端，似乎意犹未尽，于是在平缓的草原上，让这亦秀亦雄、兼南北名山之长的大青山，留下了关于岩石的千古绝唱。

2005 年

天生三桥

　　生来迷恋自然，地球上所有天生、天赐、浑然天成的景物，对于我具有不可抗拒的诱惑。重庆武隆县境大娄山脉险峻逶迤的群峰皱褶之中，湍急的乌江与秀丽的芙蓉江交汇之处，大西南巴渝古国的偏僻一隅，那片拥有多处绝壁峡谷桥群石柱暗河洞穴的立体喀斯特地形，有一个当地人唤作"天坑地缝"朴素地名的神谷——"天生三桥"，以其"天生"的绝色之美引我前往。

　　山峦突然断裂、大地兀然沉降，百丈悬崖笔陡垂直，线条锋利决绝。升降机缓缓沉至坑底，犹如通往地狱的入口，令人心悸。阳光瞬时收敛，天空只剩一条窄缝，遥不可及。

　　"天生三桥"位于峡谷底端，横卧于绝壁之上，延绵十余里。一座与另一座以近千米空谷相隔，每一座"桥"均高百余丈，如史前巨兽骨架凌空悬架。头道桥冠名天龙，步步下行，穿过一个梯形剧场般的宽大石窟，一扇规整的石门迎面而立，灰蓝色的天光中，呈现出石门规矩的长方形轮廓，"门楣"齐整得有如利锯整体切割，更似鬼斧神工精心雕凿。回望石门，两侧厚重的山脊在空中握手言欢，果然是一座平面桥梁的形状，气势非凡。过桥后洞口豁然开朗，有冰凉的雨丝从空中纷纷飘落，水滴拂过脸颊，湿了衣衫。但等踏入谷底，雾气忽而消散，地面顿时干爽。仰脸抬头细察，方知头顶落下的不是雨水，而是崖壁飞溅的岩滴水，环形垂帘如瀑。迎面的山崖石缝中渗出股股泉水，喷涌而下，在"桥下"汇成激流，轰隆如雷，顺山就势奔腾远去，通往幽远狭长的深谷。过一线泉、珍珠泉、三叠泉、雾泉，还有声如琴奏的灵泉与碧波宁静的一汪翠湖，想象着远古时代，谷坑曾是漫漫水界，洪水日复一日地冲蚀，巨石穿孔，孔成了桥洞，桥成了路。

二道桥冠名青龙，远望似一艘漂浮于沧海之上的巨舰，昂首鸣笛，正在惊涛中启航，别有一番恢弘气象。桥下四周的谷地开阔，一方缓坡碧草葱茏，绿树新芽正旺，岩下流水潺潺。武隆文联《芙蓉江》杂志的编辑阿秀随意说起，中学时代老师曾带领她们来这里野炊，背锅带米，就从那面坡上的缺口处牵手而下，众人在泉边采摘野菜，拾柴架火煮饭，炊烟山泉鸟鸣欢笑，是何等美妙悠然、惬意自乐的情致。那时天坑尚处于未开发的原始状态，人在"桥"下，不知是桥，只说是坑。如今才知此地为塌陷型天坑——远古时期巨石崩裂天塌地陷，用现代的语言表述，谓之地壳运动。然而，剧烈的震荡与崩溃之中，万丈深渊之下的地壳，却在顽强地抬升。这一根根坚实刚硬的石砌梁柱，扛住了塌陷的山体、抬升并撑立了大山的脊椎。"桥"是崩溃的支撑物，是塌陷中屹立的见证。天坑之桥的诞生，得于水，更得于力。

三道桥冠名黑龙，桥体庞大，形似一座错落狰狞的石头城堡。城门大开，曲折阴沉的囹圄石廊，如同一条长长的隧道穿过坑底。桥洞下亦洞亦穴、似厅似堂，深灰色的穹顶高深莫测，冷风骤起，似有隐身的幽灵擦肩而过。夜半时分，此地可是山神山妖聚会的所在？如此魔幻的造型已超过了我的想象。人说天工开物，天生三桥果然是步步神迹。

难以置信的是，据史料记载，这"一峡吕三桥夹二坑"的奇特地形，竟是一条藏之于深山夹缝裂隙间的古驿道。乌江上游的贵州人，可顺流而下由水路经彭水至武隆上岸改行旱路，取道白果乡境内的"天生三桥"坑底小路，过火炉镇，即可到达丰都县。该驿道虽然艰险，却可大大缩短行程，是乌江流域的旅人急往长江下游的一条备用快捷通道。如今我们行走的平坦驿栈，为近年开发旅游而重新修整，仰视高桥，空谷中依稀传来悠远的马帮铃声，回音袅袅。

距今几千万年前的新近纪，长江三峡地区地壳大面积运动，在抬升和相应的河谷深切原理下，孕育形成了完美罕见的"天生三桥"自然桥群。它们在天地的大变故中因运而生，如一根根不朽的骨骼、一条条坚实的臂膀，托举了塌陷的山地。沧海桑田岁月变迁，流水漫溢冲蚀而成的巨型桥体，如一艘艘方舟，引领众生苦度洪荒。如今桥下无舟，游人似水；桥面上绿茵如毡，形似廊盖。我不知道这"三桥"是不是在这山与那山之间架设了天堑？这桥自古至今是否具有桥的实用功能？——也许它们只是像一座桥的样子罢了。那一座座巨石构筑的实体，已被今人的审美意象，赋予了浪漫的诗意。

既然是天然生成的桥，受命于天地宇宙，它们忠实地昼夜蹲守于空中，以石头为桥柱，以青山为江岸，连接地球混沌的过去和迷惘的未来。

走出"天坑"回望"三桥"，深邃狭长的地缝像一把石制的钥匙，解读着长江三峡的形成机理和演化的秘密。

2010 年

江湖水

夜航船

我要记下关于夜航船的事，是因为自从我在 5 岁那年坐过夜航船之后，我从此再没有能够摆脱它。

天快黑下来时，我们踩着一条宽宽的跳板，走上了一艘木船。

记忆中的那条船，船篷篷刷成长长一排灰白色，在暮色里看上去乌秃秃的。船篷下黑黝黝，使人想起山洞和妖怪。我呆望着船舷两边悠悠荡去的河水，迟迟不肯走进那"山洞"里去。

后来有戴着毡帽的几个老头，站在船舷上，用力推移那些船篷，篷篷是半圆形的，像一把把撑了一半的雨伞。他们把几张篷叠架在一起，就有黄昏的余光照出了"山洞"的原形：竟是一舱底擦洗得晶亮的船板，从头铺到尾。贴着一边的篷角，有几十个卷起的铺盖，下面露出船板旧而干净的木纹。那木船的宽度，恰好大人的身高差不多。已有陆续弯腰进舱来的旅客，规规矩矩脱下自己的鞋子，放在铺板一角，然后歪下身子又横过身子，在蓝花布的棉垫上七仰八叉地躺下来……

那会儿我忽然意外地发现，5 岁的我竟然不必弯腰，就可以走进那低矮的船篷里去。

我发现所有的大人在钻进船篷之前，就已低下头做好了弯腰的准备。

我发现所有的大人一旦钻进了船篷之后，便再也不想或不能站立起来。

于是我以极快的速度从船头到船尾跑了一个来回，在船板上使劲跺着我红色的灯芯绒棉鞋，用小手拍打那坚硬冰冷的船篷。我居然可以挺直了胸脯，趾高气扬地直立行走在这条船上，自由奔跑跳跃，我感觉到船身在我微不足道的小身体下，轻轻地摇晃起来。

我真希望一辈子坐夜航船。

那船篷终于被平平实实地拉合上了。一层压一层，很像冬笋的硬壳。船篷两头挂起了厚厚的棉帘子，船篷中央吊着一盏昏暗的汽油灯，若隐若现地照出篷顶上一根根弯曲的竹筋，还有编成十字形花纹的一层竹篾。忽然有一只大手拧灭了那悬挂的汽油灯，四周一团漆黑。黑暗中有一亮一灭星星点点的红火闪烁，我的喉咙被弥散在四周的那股呛人的烟味熏得痒痒。我拼命睁大了眼睛，觉得自己像是被塞进了一只黑匣子，顺水漂流……

我嘤嘤地哭起来，心里充满恐惧。那时我还是一个地地道道的小女孩，我从来只有在自己家里的床上睡觉。那么，难道这些大人上船就是为了睡大觉来了？这些大人真是一点点都不懂事。

船舱里很快安静下来。从船舱的另一头传来低低的咳嗽声和喘息声，还有船尾那些被捆绑的活鸡鸭发出暗哑的挣扎声。在那些声音的间歇中，渐渐升起一种有规律、有节奏的响动，像是什么人在开启着一扇古老的木门，又重新合上，周而复始……

是摇橹人光脚踏着船帮，撑船来回走的脚步声。妈妈说。

又夹杂着断断续续有节奏的音乐，好听，却有着悲哀的意思，像一首运河的摇篮曲。

是摇橹人唱的小调，妈妈说。摇橹人很苦。

似乎因着这橹声，才知自己确在行走。船身随木桨一左一右地摇摆，倾斜中，我觉得自己轻微地眩晕。

便缠着妈妈讲故事。

橹声渐渐远去，像消失在小巷深处的卖炒白果的竹板。

却不知为什么我越发地眩晕起来，手心沁出了一层湿汗。后背的棉袄烫得像刚灌好的热水袋，喘不过气。我热，我说。那时我不会说闷，其实一定是闷。我闻到空气里有一股呛鼻的臭鞋臭袜子味儿，还有陌生人的陌生气味，像笼子一样。难受。我大声说。那时我不会说窒息，其实一定是窒息。

有人猛地翻了一个身。

我觉得自己也被人猛地翻了一个身，什么东西从心口使劲往上蹿。我呃了一声，我听见妈妈慌慌张张地搜寻着什么。我又哇的一声，有股热乎乎的东西从喉咙里喷出来。我死死抓住妈妈塞给我的一只冰凉的圆盆，在黑暗中倾其所有地吐了个痛快。

天亮后我才看清，妈妈塞给我的那只圆盆竟是一只痰盂，就是离开家时，妈妈一直让我自己用网兜拎着的那只洁白的小痰盂。既然妈妈明知道坐夜航船会呕吐，为什么还要带我来坐这呕吐的夜航船？

记不清我吐了几次，那条一摇一晃的夜航船始终没有放过我。它好像因着我的不肯睡下而故意惩罚我。它好像更喜欢那些乖乖趴下的大人们。后来我听见在船的另一头也有人发出哇哇的声音，原来大人们也难逃呕吐，既然他们知道要呕吐，却为什么还要坐这呕吐的夜航船呢？

便吵着要尿，也许真实的小心眼儿，是想离开这憋气的船舱。

后来果然就让妈妈牵着，跌跌撞撞地从那一个个铺盖卷的空当中，小心地跨过一个又一个躺着的大人。当妈妈撩开了那厚重的门帘时，我第一眼看见的是深蓝的河边上，跳跃的一丛橘黄色的渔火，还有远远的岸上微弱的灯光。

现在我还能记得当时的情景：河很宽（既然很宽船为什么那么窄？），水很平（既然很平为什么船会摇晃？像走在七高八低的石子路上？），天空是灰蓝色的，很高很远（既然天那么高，为什么船篷那么低只能让人躺倒？），我们的船很小很小，孤零零地在河里慢腾腾地挪动。大运河里一条船也没有，岸边上模模糊糊、奇形怪状的桑树林，很像一幕幕皮影戏。没有月亮也没有星星，但好像有天光映照着舱板，看得见摇橹人手中那支巨大的木桨，在水面上撩起亮闪闪的水花。

忽然，前面的天空中，架起了一座单孔的石拱桥，当船身从桥洞里缓缓穿过的时候，竟如手指滑过古老的琴键，水波在桥洞空阔的琴腔里发出嗡嗡的回声，很是奇妙。

又忽然，河心就出现了一所小房子。房子的基部有十几只柱脚，像鹤鸟一样立在水里。房子四周有一圈用竹篱笆围起来的栅栏，妈妈说那叫渔寮，住着看守鱼塘的人。当船经过栅栏时，便听见一声短促的哨声，船底擦过落闸的竹篱，伴着长长的"刷——"声，像叹气也像撕信封开口，舒服而惬意。又掠过一阵飘着鱼腥味的凉风，竟把我的燥热、我的恶心、我的眩晕都驱走了。

原来夜航船的大运河是这样美丽而有趣的。

却为什么要把我们关在那黑咕隆咚的船篷下，黑咕隆咚地走大运河？

睡吧，妈妈说。她攥紧了我的手，她的手冰凉。

她弯下腰低下头，掀开门帘把我送回船舱里去。我摸索着从那些蜷缩的人形空当中跨过去，几乎踩在了大人们的鼻尖上，有人在睡梦中发出含糊不清的咒骂。我知道自己绝不可能再次请求去甲板上撒尿了，我的反抗已到了尽头。更糟糕的是我回到自己的铺位上，便重新开始了眩晕和呕吐，一直吐到根本没有一滴尿为止。

我终于发现自己也乖乖地躺了下来。

站立不可能，终于是连坐着也不可能了。

近处有雷声传来，可我后来明白了那不是雷声而是鼾声。摇橹人的小调萦绕在我的头顶，妈妈轻轻拍着我。这情形很像摇篮，但我已经不再需要摇篮了。

我记得那个时刻我很绝望。我知道自己唯一的选择就是睡觉，同那些大人们一样，在黑暗中度过黑暗。

那以后船上的一切声音都渐渐终止，只剩下妈妈臂弯里运河欸乃的桨声。那绿色的漩涡和水流从我枕下穿过，流向一个无底的深潭。

忽地被一阵骚乱惊醒。黑暗中感觉到船身不再摇晃。妈妈轻声说到了到了。头顶的船篷发出咚咚的响声，然后被快速移开去，头顶刷地投下了一道苍白的晨光。从那被移开的船篷向外望去，蒙蒙的曙色中一爿临水的白色房屋，一条黄狗冲着河面懒洋洋地叫着。岸边一间青石砌成的码头亭子外，站着一个头发花白的老人。

外婆家终于到了。

在一艘陌生的船里，同一些陌生人一起走过陌生的夜路后，就到了外婆家。从此夜航船永远同外婆家不可分离。从此外婆家永远是夜路尽头一个晨光熹微的梦。

那一夜我吐出了我童年的天真。

那一夜我失去了我的可以直立的夜航船。

后来也许还坐过几次夜航船。二十世纪五十年代初，从杭州去杭嘉湖平原水乡的洛舍镇，夜航船是主要的交通工具。那时人们没有别的船可以选择。我记得每一次去坐夜航船，心里都充满忧虑：待我长大以后，是否也将如同那些大人们一样，弯腰低头钻进船篷，在这无法直立的船舱中去走那黑夜的航程？那么长大意味着什么？长大便不再是我自己了么？

　　幸运的是，待我长大以后，小火轮和汽车已替代了漫漫长夜的乌篷船。我从此幸免于探望外婆时那一夜的忍耐与焦灼。然而，那5岁的夜航船却无法从我记忆中消失——我从此害怕睡觉、从此晕船晕车晕飞机、我从此呕吐不止。那夜航船的幽灵在噩梦中缠绕我时，我总是不能直起身子，而是蜷缩着，从黑暗中那一个个似人又非人的空当中摸爬过去……

1989 年

杨公堤随想

十九岁离开西湖，远去北国，转眼已是三十四年。当年舍得下西湖，也许是生在福中不知福，潜意识中倒反生出些对外面世界的好奇心，想看看这天地之间，没有西湖的地方，究竟会是怎样。

西湖离我渐行渐远，却又是忽远忽近，若即若离的挥之不去。一年一度回杭州探望父母亲友，忙里偷闲，自然是要把多年来看得"审美疲劳"的西湖，顺便一同拜望了的。隔年换季，心绪有别，而西湖却是永远的。风云变幻朝代更替，西湖总是淡妆浓抹处变不惊，地球时间，到了西湖就停止歇息了。

尽管百年西湖山色依旧，但汹涌的钱江潮与群峰的泉水，已悄然在湖中注入了新的动力与源流。西湖的锦上添花与改造整合，于九十年代后半期开始启动。重修了雷峰塔、城隍阁、万松书院、御码头等许多历史遗存的景点名胜。或许恰是自己由北而南"跳跃性"观赏西湖的这一距离感，近年来西湖的些微变化，都悉数收入眼中。

听说新西湖扩建后，西湖水域扩大三分之一，恢复了杨公堤在明清时代的风貌。刚听说"杨公堤"这个名字之初，不由心生疑窦——苏堤白堤已占尽西湖风光，天上何以掉下一条杨堤？烟波浩渺的外湖里湖，哪里还有杨堤的位置？

金秋时节，应浙江作家节之邀赴杭州。怀揣一个小小的心思，是为了杨公堤。

晨起即是湖西大采风。车至杨堤入口处，不由哑然——这不是我们小时候熟知的西山路么？很多年来，它都是一条路，一条与苏堤平行、一侧临水、两侧的法国梧桐树森然夹道的林荫路。经由它可通往曲院风荷、郭庄、花圃，南侧的尽头便是花港观鱼的后门，右转就通往虎跑方向了。它何时摇身一变，变成了一条湖堤呢？

然而脚下踩的果真是一条长堤。湖堤必凌于水，水果然就有了——堤西原先的茶园菜地旧屋杳然无踪，代之以一串串珍珠似的水塘芦荡。路既成堤，桥是不可缺的，桥也有了——好像一位高手制作的大型魔术，在一夜之间搬来了六座起伏的拱形古桥，路被穿透了，盈盈湖水在桥洞下穿过来流过去，与西里湖汇合交融。

那六座桥，曾与苏堤六桥并列，望山看水观景各有妙处，分别以环壁、流金、卧龙、隐秀、景行、浚源得名，人称里六桥。水既通，桥已设，舟亦行，这亦新亦旧的杨公堤，在岁月掩埋了几百年之后，终于被粼粼水波托举着，似那条从雷峰塔下逃逸后归来的青蛇，从此定心驻守西湖的碧水蓝天之下。

下车从金沙堤（也叫赵公堤）步行进入湖西景区，隔水遥望赏菊听曲的清雅之地小隐园，顺着"乡间小路"前行，路边一座新修缮的江南民居，粉墙黛瓦，质朴幽静。此屋名燕南寄庐，很是醒目，是著名京剧艺术表演艺术家盖叫天故居。忽而想起六十年代中期，几个中学同学在山里闲逛，偶然撞到这里，当时黑色的大门紧闭，一片萧瑟阴森之气，几人绕着围墙转了几圈不得进入，悻悻离去。想不到几十年后，这位耿直执着的戏曲艺术大师的故居修复并对外开放，变成一个小型戏曲艺术博物馆，亦是湖西一景。沿小路继续往前，穿过杭州花圃北侧的花丛树林，眼前又是一大片悠悠水域，湖荡中长桥连廊桥，长亭接短亭，水回路转，总是百步可歇；只见远处青山逶迤，雾霭沉浮，视野慢慢伸展开去，水色缥缈，一时深远了许多。再沿着水边从容前行，欣赏过岩芳水秀、五峰草堂、醉白楼、天泽楼等一座座有着曲折来历与文化内涵的楼台亭阁、雅屋精舍，抵新近落成的于谦墓。整座祠堂建筑群体气势宏大、肃穆庄严，可见杭州人民对清廉正直的才子好官于谦真切的怀念之情。

那些故居旧屋，原本就是西湖历史不可缺少的组成，只是被岁月的泥沙年复一年地遮没了，静默地蛰伏于湖山深处难得一见。只因这条杨堤的恢复，终于被拂去尘埃，重见天日。从这个意义上说，杨堤仍是一条路，一条融贯文史的通衢大道，以杨堤为轴线放射开去，构成一条湖西的黄金漫行线。

匆匆走湖西，意犹未尽仍有不甘。几天后陪父母再走杨堤，由茅香古道入口下车步行，穿过郁郁树林，走过厚重木桥，眼前便是开阔荡逸的茅家埠水面，这就是几百年前香客由湖东乘船过湖，经由杨堤孔桥去灵隐上香的水上必经之路。湖水坦坦荡荡地延伸至远山，薄云遮日，波平如镜，湖中近岸处，随意地生长着一丛丛茂密的芦苇，几只白色的水鸟贴着水面掠过，又翩然飞去；几条小船正从堤上的桥洞里悄然探头，朝着湖湾里缠绕的水巷中另一座石拱桥划过去，欢声笑语像水珠子一样一滴滴洒落在湖上。那单孔石桥古朴而精巧，残破的石缝里浓密的青苔，记录着风雨的道道斑痕。说到湖西景区中数座新架设的小桥，限我所见，似乎没有一座是用了水泥的——桥面桥身或拱或平、或曲或直，非木即石，非石即木。木桥一般呈浅褐色，简洁明快的现代风格，厚重平整的条形板材，均为进口的防雨防滑材料，可见设计者的苦心。这些风格各异的小桥嵌入这湖中之湖的诗画美景，如同一只只做工精巧秀气的搭襻，连接起堤外之堤，别有一番气象。

沿岸的青青草坪均为低矮的缓坡，草坡入水，柔和而收敛的，人也就与水亲近了；草坪上配着适时的花草，树也种得疏密有序，给眼前的水光山色留出了充裕的视线空间。远眺湖面，隐隐可见对岸一幢幢素墙青瓦的农舍民居，参差毗接，错落有致，黑白色的剪影沉落在湖水里，一阵微风吹过，房屋都模糊了，只一歇功夫，又从水里清晰地显现出来。湖面水色清澈，有四方山溪泉水来续，水是活的。再一阵风过，天上闲云游弋、湖中芦苇飘摇，远处的草堂茅屋，都浸在朦胧的水雾里了。

芦苇是湖西的点睛之笔。如此充满野趣的湿地情趣，在精致的外西湖里是见不到的。

恍惚间，觉得西湖变得陌生、变得遥远了。几百年前的老西湖，原来要比我们熟知的西湖大了许多呵。西湖在很久以前，就应该是眼前这个样子吧。这不是"新西湖"，而是一个具有乡村风情、比老西湖更老的西湖。这些星星点点的湖塘港潭，原本就在那里散落着，只是被日月存积的腐叶淤泥覆盖了。终于有这样一日，深受西湖恩惠的杭州人，要把西湖的原貌还给西湖了。果然，挖着挖着清水就涌出来了；水漫湖西之时，杨公堤就在湖中游动起来了。

杨公堤，由明代杭州知府杨孟瑛，力排众议重新疏浚西湖后，凌波倚山、自北而南贯穿整个湖西水域而修筑的长堤。如今因着这一条杨公堤的修复，将湖西的自然风光、人文风貌一一激活。由我幼时所知的西山旱路，而变为今日的湖中长堤，西湖的几百年兴衰，都在这六桥一堤间了。如此说来，杨堤已不再是一条路，不仅仅是一条路。

杨堤是一条重新打磨的珠链，串起了湖西的历史珍迹；杨堤是一道垂落于西山的迟来晚霞，超越了原来水利与交通的使用功能，而成为天下游客观赏游览的新风景线。这一条二十一世纪的杨公堤，终由实用而达审美、由实在而变空灵、由物质而升入精神领域——这是一次何等壮观的飞跃，一次何其神采飞扬的书写大手笔。

"性知执法，心在利民"语出杨孟瑛当年的《开湖告谕》。如今重修杨堤，仍是奉行了先贤勤政恤民、善待湖山的殷殷心意。一条不设门墙的杨堤、一条敞开胸怀的杨堤，从此将笑迎八方来客，无论是杭州人还是外地人，无论是乡民市民草民，都可随时随意漫步杨堤。西湖是天下人共享的西湖，这一条四通八达的杨公堤，你也来走，我也来走，在杨堤行走的人，没有了高低贵贱之分。杨堤杨堤，在人们理想的天堂里，飞扬飘扬。

从杨堤续说新西湖的新景点，自然留有太多的"新"痕迹。杨堤新铺的草坪尚有缝隙、新移的树木尚未成林、新栽的花草尚未成势、新建的茅屋庐舍草堂廊桥，尽管在设计思路上已是竭力试图接近原貌，但遗失在空气中的文化信息已无从捡拾。新湖滨景区的规划似乎引发了较多的争议和疑问，许多大兴土木新建的人造景点，破坏了西湖往日的宁静幽深，西湖的扩建似乎应当适可而止了。在这些"崭新"的氛围与语境中，我们难以品味出"新西湖"更深层的文化内涵与历史积淀。然而，这是一个两难的境遇——遥想当年白堤苏堤六和塔放鹤亭初建时，也是全新的，然后在漫长的风霜雨雪中，一年年变得古老质朴。历史所遗存的事物，都是被曾经的那个"当下"所创造；西湖有史以来经历过五次大型疏浚整治，名胜古迹的建筑风格也留有各个时代的不同特征，至二十世纪上半叶，湖边别墅多已是中西合璧。实际上西湖从来没有停止过呼吸和运动，烽火硝烟的改朝换代中，西湖始终在不断地被更新——我们指望着时间这根魔杖，使"新西湖"成为老西湖完美和谐的补充与延伸。

金秋去杭州，适逢桂花香浓时。漫步杨堤，一阵甜香袭来，嗅着香气回头寻去，树丛里必是悄悄地立着一株桂树。金灿灿的小米粒，不起眼的十字花瓣，一层覆一层、重重叠叠团团簇簇，竟把一整棵大树染得金黄。还有白金般的银桂、暗红色的丹桂，浓烈的馥郁从花蕊中持续喷发放射，香得人都醉了。桂花开了的日子，整整一座杭州城都是香的、连杭州人的呼吸也是香的、杭州的美食也被桂花香淹没了。闻香识杭州——春之蔷薇、夏之荷花、冬之蜡梅，清香浓香从窗外飘进来，轻轻一吸，就知道西湖到了哪一个时令了。

杭州人是有福的。我这一个西湖的女儿，正在北方的风雪中一点点变老。而西湖，却是一年比一年更年轻了。

也许正是由于远离了西湖，西湖对于我，才变成一种可在回眸回忆中，无限想象的梦幻之境。

2004 年

女儿湖隐喻

泸沽湖，在崇山峻岭之巅苍郁的松林缝隙中，悄然撩开了她的面纱。

我盼这一刻，等了很多年，从北方，几千公里，翻山越岭，为这个湖而来。人们说那是一个女人国中的女儿湖——我期待在这清澈的湖水中，深藏着有关女性的奥秘。

远远望去，湖面呈银白色，宁静平滑，像是结了一层薄冰。太阳隐没于云层，冰面发出冷冷的光，感觉却是柔软的，纱裙一般铺撒开去，微微颤动，闪烁着不易察觉的波纹，像一个温柔的陷阱。这是一个矜持而含蓄的冰美人，千年万年地离群索居，只与高原雪山为伴。她本是不喜欢被打扰的，所以不以微笑迎接远方的客人。

落水村，落落大方的水么？村寨依山临水，高瓴厚墙的木楼，亦是落落大方。

水就在眼前，水就在脚下；进村的路，紧贴着湖岸，好像是从水里走进村子里去。我从未见过那样丰沛的一湖清水，满得从湖中漫到湖边，轻轻拍打着无需围堰的湖沿。我从未见过如此浅显的岸，湿润的泥土与湖水在同一平面上，岸与湖连成了一体。水波随意地撩拨着湖边的芦苇，路面有浅浅的水坑，水来了又退去，也是没有定规的；湖水荡漾着波动着，只是有节制地与湖岸调情亲热，却从不恣意汪洋泛滥溢淌；湖的四周是逶迤的山，冷峻的蓝灰色，臂膀一般环绕着、呵护着湖。山有一角伸入水中呈半岛状，湖心另有两座玲珑的小岛，将泸沽湖分隔成几个弯曲的水域，由此显出了湖的窈窕曲线——这是一个不受束缚的湖，一个不设防的湖，一个浑然天成、没有任何人工痕迹的湖，一个自由自在、冷暖自知的湖。

那晚下了一夜的雨，急骤而细密。落水村果然时时落水，却是说停就停了。天亮去湖边，湖水却不见涨溢，依然满满盈盈、温情脉脉的样子。雾气渐重，乳白如烟，弥漫开去，好似冷美人忽然变得热情奔放起来，整个湖成了升腾着热气的巨大温泉池。阳光在云层中忽隐忽现，泄出一小块瓦蓝瓦蓝的天空，水天一色，女儿湖迅速换上了一条蓝色的缎袍，在风中飘起大摆的群裙。雾气在湖的上空聚集，变成了重重叠叠的浓云。云团白得发亮，天女散花似的一朵一朵抛洒下来，落在水中，铺满了一湖的白云，湖水膨胀而饱满。从湖边码头坐船去湖心小岛，好似头戴着天一样大的白色绒帽，水中拖曳着雪花长裙；船在云海中悠悠行走，人在云层之上徜徉，有些飘飘然的眩晕；木桨落水处，船下的白云裂成了碎片，一片片沉入水底去了；船一过，云朵重新浮上来，悄然合拢天衣无缝，人又在云里。船工是高挑健美的摩梭姑娘，说是纳西族，身材脸庞更像藏民。有风吹来，湖面渐渐开朗，狮子山巨大的山影投在水中，黝黑而雄壮。金色的阳光浸润在水中，泸沽湖忽又变了颜色，波光粼粼的金灰色，冷色暖色交融辉映。原来，这是一个变幻莫测的湖、一个丰满质朴的湖、一个生动鲜活的湖。泸沽湖两昼夜，几度在湖边漫步，见她变脸无数，每一刻的景象都与前一时不同，分分钟的风光都不重复——恰似充满新鲜感的魅力女人。

风轻云淡，湖水归于平静。近岛的浅水处，忽见水面浮漾着星星点点的亮光，初始疑为云中的光斑，船近了，伸手可触，掌心传来温润的质感，薄如锡纸，滑若丝绸，柔软无骨。犹如走进了童话世界，一朵一朵洁白的小花，形似菡萏，樱花般大小，回眸浅浅一笑，像一个个水淋淋的白色妖姬，自湖中破水而出。那是真真切切的新鲜花朵呵，四瓣紧合，包拢成一个精致的银碗，荷灯般浮在水上，淡黄色的花蕊散发着甘甜的水汽，花蒂上滴答着清澈的水珠。自以为走过许多湖，却从未见过水上如此轻盈灵巧的小花。那个瞬间我怦然心动——这是女儿湖特有的花么？女儿湖的精灵？

小花无叶，一朵朵浮萍似的漂在湖上，显得有些落寂孤独，像是"无父无夫"却支撑着大家庭的摩梭女人。穿过清澈的湖水，可见花蒂下连着一根长茎，细如未发芽吐叶的柳丝，柔软而有韧性，弯出几个弧度，在水里随波漂来荡去，一直探伸到水底。泸沽湖水如此透明，视线可及水下数尺——目光顺着花茎下潜，再下潜，见水底有一团模糊的暗影，定睛细察，竟然是一株半米高的植物，深绿色的阔叶，如同芭蕉一般在水中悄然伸展绽放。那个时刻我屏住了呼吸，我看见"荷灯"细长的根须，是从那一大丛植物的叶片中心抽抻出来的。绿叶像一个隐形底座，稳稳地托住了小花的细茎，并伸出宽阔的手掌，穿过冰凉的湖水，一直将她送到温暖的阳光中去。她浮出水面的那一刻，还是一粒珍珠般的苞蕾，一个来自泸沽湖深处的睡美人。然后在清风中渐渐苏醒，一瓣一瓣地抖开自己的衣裙，开始了水上轻盈的舞蹈。就像泸沽湖女人生命中蓬勃自由的爱——只是，人们在湖面上看不见男人的双手，所有的支撑和依托，挚爱与呵护，都像这小花的叶片，藏匿隐身于水下了。

船工库姆骄傲地说：这叫作"菠叶海菜花"，只有丽江这边的高原湖里才有。这种花，一般只开在没有污染的水中，水清花白，若是水质差，花就会变黄……

船往回走，这才发现，近岸湖面上，竟然漂着一大片一大片"菠叶海菜花"。灰蓝色的湖面上，一朵朵洁白的小花跃出水面，若隐若现，若有若无；泸沽湖像一座巨大的水上舞台，白袍水妖踮着足尖从波涛上走来，随着水浪敲击的音乐而翩翩舞蹈。也许它更像一幅神秘的水上织锦，图案底版因天空和阳光的颜色不断地变幻。

我在岸边久久地伫立、凝视，心如水波轻微颤动，聆听大自然无言的教诲，渐渐开朗却又越发地茫然混沌。

最后一眼回望泸沽湖：蓝冰薄纱，静卧于群山之间；她已收起娇媚的云雨之态，一如初识之时，冰清玉洁、冷傲宁静。人世间，究竟哪一种生活方式，更接近自然本相和生命原色呢？女儿湖，像一个无岸无底的隐喻，等待远方的女人，用心灵去破解参悟。

2005 年

下渚湖湿地探幽

下渚湖，一片宁静优雅的江南湿地。位处浙江德清县武康县城东南，一个叫二都的古村边上。尽管事前已听说了它的种种奇妙之处，以及关于它的古老传说。在今年初夏时节那一个斜阳烂漫的傍晚，当我贴近烟波浩渺的宽阔水域、进入河汊曲折的深处、穿越幽然静谧的水巷长廊——这一大片新近开发、少为人知的水乡胜景，仍然大大超出了我的想象。曾走过许多名胜之地，往往总是声名大于亲见实感。而这个卧于绿野、羞于面世、沉默而含蓄的下渚湖，却是一个令人惊叹的例外。

若是再不去下渚湖，也许真是枉为杭州人了。毕竟，它离杭州只有半个小时车程，不说近在咫尺，也算得是杭州的后院呵。

下渚湖，古称防风湖。中心湖区达 1890 亩（1 亩 ≈ 667 平方米），比西湖略小，湿地面积 10 万平方公里。北依防风山，湖水的源头之一的余英溪汇入东苕溪，属南太湖水系。很久以前，古运河曾从中穿境而过。湿地——沼泽河汊草滩相连的水域，素有蓄水防洪的"天然海绵"之称。在以水运航行渔业水生经济植物为主的江南水乡，历经数千年岁月风雨，竟然留有保存如此完好的"观赏性"湿地，应是天赐浙人的福分了。

坐船走下渚湖，轻轻掠过悠悠的水面，那种微微的眩晕，有点像一次想象的梦游。

船码头设在碧绿的河湾里，狭长的河湾像一支低调的序曲。水路渐宽，熟悉的水乡河港，船过浪涌，没了泥岸的水线，又缓缓退去。窄窄的河口，水里隐现着一排齐整的竹篱，是养殖户的鱼寮。船上电瓶发动机的声音戛然而止，像是屏息静气的呼吸，船身无言地滑过竹篱，水面静寂无声。船声复起，在水上划出长长的弯曲弧线，前方豁然开朗，视线所及一片连天的碧水，饱满得像是要溢出来了。这就是被当地人通常称为"漾"的湖泊，也是下渚湖的主体。望得见东北角的湖岸边，两座葱郁的小山，名为和尚山和道观山，中间以细长的扁担山相连。传说夏禹时代防风氏治水，因挑土的扁担断裂，由洒落的土疙变成。山不高，满山苍翠的乌桕树，镶嵌着星星点点的白。白色鲜活，时而闪动，一片片绕着绿山升腾盘旋。船近了，看清那飞翔中的白色，竟是一群群硕大的鹭鸟。白鹭的翅膀在水面掠过又飞起，而后从容栖息于树冠，那座小小的绿岛，像是开满了巨型马蹄莲。下渚湖的生态环境保护多年如一，数量繁多的白鹭群，年复一年在此生息，已经成为下渚湖最具观赏性的景色之一。小船远去，回望湖上两座小山精巧秀美的倒影，人说犹如美女的双乳，也确有几分神似。

夕阳渐斜，小船经过一处建有竹楼茶屋的小岛，慢慢偏离湖区中心，驶入边缘的湿地水域。眼前是一条隐没于高草中的丝绸水道，宽度似刚容得一条小船通过，伸手可触岸边湿漉漉的树根。水道如巷，一个弯连着一个弯，眼见得船头抵住了前面土墩，已是"山穷水尽"了，船尾一摆，迎面陡然一道闪亮的水色，长巷又朝着芦苇深处延伸而去。两岸是苗壮的竹林、茂密的芦荻和苇丛，散发出潮湿的草叶气息。偶有几株高昂的松树，（还有并肩缠绵的情侣松），突兀地立于高地，透出一种防风古国桀骜不驯的骨气。间或可见几只毛色鲜亮的农家鸡，在竹林里漫步觅食，这些散养于小岛上的家禽，吃尽新鲜的活虫鲜虾，一日日健康成长，到了秋季，主人只管上岛来捕获即是。欲知何为桃花源，想必也不过是此情此景罢了。船儿径自往前，如在陡峭的山路上盘旋，弯儿拐得越发地频繁。竹叶扶疏，树影婆娑，左边一棵桃，右边一株梅，让人想象春天的日子，在落英缤纷的水流中漂泊，该是怎样的惬意和妙曼。水巷忽然就幽暗下来，两岸的树越发地密集了，像是在小镇的一条廊棚长街里穿行。异香袭来，水汽醇厚，只见一棵棵百年树龄的古香樟树在水边依次伫立，水路顿时似被树叶的浓影阻塞了。那一段悠长的港道，扬脖仰面睁大眼睛，一阵慨叹接着一阵惊呼，一个意外连着一个意外——也许世界上唯有江南湿地的水巷两岸，会生长着如此壮观的古樟树群落。小船贴着盘根错节的树根青苔缓缓滑行，天空消失在树冠里，水巷隐没在树荫里，脑中闪过亚马逊河原始丛林间的诡秘河道，那一刻已不知自己身在何处……

据说下渚湖整个湿地水域中，隐伏岛屿台墩600余座。湖中有墩、墩中有湖；港中有汊、汊中套港。弯弯绕绕走了近一个时辰，就像走失在一座巨大的水上迷宫里了。

天光忽又明朗，船已驶出水巷，前方是恬淡辽阔的湖面，远远可望见岸边农家隐约的白墙。小船像是在绿色的田野中行驶，两侧菱莲莼菰漂浮的嫩叶，随着波浪起伏。一只青灰色的苍鹭，跷着身子懒懒地蹲立在养殖场水中的木柱上；两只长脚鹭鸶拨开水面凌空起飞；三只黑白相间的沙鸥盘旋不去；四只野鸭泰然逐波浮游。最喜是一群乳毛未干、淡黄色的鸳鸯小雏，扑扑地啄着水草，欢欢地溅起水花，雀跃着钻入油汪汪的水葫芦叶片下去……

德清德清，你拥有满山翠竹的清凉莫干山，已是你不竭的财富和荣耀。却还藏掖着这一片扑朔迷离的下渚湖大湿地，让人一时把杭州西湖都暂忘了。

相传当年大禹为表彰防风氏治水有功，特赐封山禹山方圆百里，立为防风国，为良渚文化的发祥地之一。从下渚湖上岸不远，即是历时1700年之久，又于1996年重修的防风祠。游历了下渚湖的美景，再听奇异的防风氏神话，德清的自然山水，在历史的风烟中更增添了人文的重墨。

200年前，剧作家洪升有诗曰：地裂防风国，天开下渚湖，三山浮水树，千港划菰芦。

这"天开"二字，尽得下渚湖幽深野逸之神韵。

只求今日游人纷至沓来探望下渚湖时，多多存有维护下渚湖原始风貌的一份爱心。

2005年

西拉木伦河漂流

西拉木伦河来自兴安岭南端的湟源河谷，为商代先民的摇篮，也是红山文化的发祥地之一。据说湟源的沙丘若垄似链，形成盆地，泉水自谷底沼泽中涌出，万泉竞喷，汇成水泊。上游石壁对峙，悬崖叠起，水流湍急，轰若雷鸣，有小三峡之称。契丹辽太宗耶律德光及乾隆皇帝，曾寻访木伦河源头并题诗称颂。几百年过去，西拉木伦依然奔流不倦、生生不息。

我见到的西拉木伦，已是中下游地段。水势略减，趋于平缓，浑黄的河水，坦然自若地穿过两岸苍郁的灌木。河道时宽时窄时隐时现，在岸边的高地远望，像一条林中秘道。

我独自一人浮在水面，悠悠然顺河而下。

前后左右都是水，急促而安稳地流淌。触手可及堡子外沿冰凉的河水，倾耳是流水汩汩的哗响；我闻到了河面上飘来弥漫着青草和湿土的甘甜气息，清洁着我的呼吸；隔着充满弹性的橡皮堡子底部，能感觉到水在暗处使劲。整条河像是一个巨大的漩涡，无休止地旋转着，就连天空也已消失在水里……

西拉木伦，你从哪里来，带我去哪里？

没有帆，也没有罗盘，我是一座移动的孤岛，或是一块南极崩裂的浮冰，在水上漫无目的地漂流。

那一天下午，阳光早早隐没，从草原上吹来的风已有凉意；河面上没有闪烁的光斑，水是朴素平淡的本色，甚至显得有些冷漠。橡皮堡子下水的那一刻，只觉得身上的热气忽地被河水吸走了大半；波浪起伏，堡子颠簸起来，身子晃了晃，人就晕了，睁眼闭眼都是流淌的水。阴郁的河面，如同一条狭长的陷阱，会把人吸进去。心倏然抽紧，生出几分恐惧。

先后下水的同伴，堡子都已迅速四散，各自荡漾开去，橙红色的救生衣犹如曲水流觞的酒杯，不由自主地朝下游行走。我无法驾驭自己的堡子向任何人靠拢。水下像是有一只看不见的手，控制并离间所有的漂流堡，使得他们彼此之间无从相濡以沫。

四周空无一人，孤独感渐渐袭来，在水面上形影相吊。

那是一个宽阔的河湾，弯曲的河道延伸至此，水中突起一滩金色的沙洲，像一个问号，下面有一个被放大了的小点。堡子一往无前，撞向沙滩的边缘，悄然搁浅，无人搭救。用木桨撑住河底，胡乱用力，听见橡皮搓擦着沙滩的声音，像是要揩去水中的痕迹。反复挣扎全然徒劳，堡子像一块磁铁被牢牢吸在河床上。忽而，却又轻轻一颤，猛地弹了出去，迅即将沙洲甩在了后头。却不是桨的力量，而是水流突然改变方向，将我重新送入河道的主流。

水流逐渐加快，如轻舟过峡，一泻数里。眼见河面朝着前方倾斜下去，形成水的梯级坡度。水势忽猛，溅起团团浪花，水下似乎布满阴谋诡计，埋伏着无数道沟壑岔口，路径纠缠纠结，像是隐形的魔爪，拽着垡子一会儿往左、一会儿往右，全然没有方向可言。人在水上，对于水下却一无所知，那水看似温情脉脉，转瞬就凶相毕露。束手无策地看着自己的垡子往岸边直冲过去，一头插入密集的柳茆丛，让粗韧的柳条一根根从头顶掠过，任其拍击鞭打，却无从躲避动弹不得。几回心惊胆战，自以为山穷水尽，流水无情，只能任其戏弄摆布了。绝望之中，水下的魔怪突然大动恻隐之心，那垡子似有神助，只一个华丽转身，自行掉头突出重围，卷入另一股劲流，如同冰上速滑，瞬息间蹿出老远。等到回过神来，人已在河的中央——天高水阔，水平如镜，垡子稳稳地朝着下游航行，一时畅通无阻……如此三番四复，每一次都在险情绝境中侥幸脱逃。再一次误入歧途时，只须坦然用手轻轻撩开树枝，等着撞击河岸那一瞬的力量，将其顶开——旋转——踮脚——凌空——落地时，已在新的起点上。那一套连贯的动作，完成得如此圆熟爽利，像配合默契的双人华尔兹舞步，在河面上一圈一圈地纵情奔放。圆舞曲的乐声从空中传来，只听微风、鸟鸣、流水声声……

漂流着，无拘无束。若是遇到浪花翻滚的激流险滩，爽性松开水中的木桨，身子一动不动，任随垡子从容漂去——它一个顺势鱼跃，从水瀑上灵巧翻过，稳稳落在水梯的下一层平缓处，衣衫上竟连水花儿都不溅一朵……

目光疑惑地透入水下，似乎隐隐看见了有关命运的昭示，或是另一种解读。

很多时候，人生，生活，就像漂流本身——当水流具有足够的运力时，顺其自然是最好的选择。水下（或是命运）潜藏着我们无法透视的规律，要说随波逐流，其实也就是循着波浪和水流的动向，借力前行而已。

在西拉木伦的夕阳下，我手里的木桨已不知去向。很多年来，我曾一次次梦见自己用脚尖在水面上行走，就像大海中那条渴望成为人的鱼。

那是一段平缓的河道，几乎感觉不到水的流动。我坦然地悠漾在河面上，把身子放平，躺下来，头发几乎垂在水面。雾气浥湿了我的眼睛，水声充盈着我的耳廓，水滴从我的脸颊上滚落：枕河——那一刻我的脑中跳出这两个字。我就这样枕着西拉木伦河，摇曳、晃动、眩晕……我的身体蜷缩起来，躲藏在一个透明的水箱里，像是回到了母亲体内，四周的汁液丰盈而温暖。于是，半个世纪前，曾在母腹里的种种感受，都被一一记起并重新经历。那时初有人形，在黑暗中分分秒秒地生长，寻找生命的出口。就像在河心漂流，只等着那股暖流把你送去人世间……

潺潺水声对我耳语：漂流是流，漂泊是泊；不是漂泊、不是漂浮、不是漂荡，而是漂流——流水的流、流动的流、流淌的流、流传的流……

我抬起头，头发在滴水，不知是雨是泪。青青的河岸上，有一匹骠悍的白马在低头饮水，忽而扬起脖颈，嘶声辽远；岸边的灌木丛，苍老的根部一大半浸在水里，依然牢牢地抓着河岸略带赭色的泥土；一大丛紫色的雏菊开得明艳，细小的种子落在水里，也将会去漂流。远处的山峰逶迤，山顶上悬着一团浓云，莲花般地展开几片花瓣，山尖上一棵枝叶清晰的小树，深色的树影，恰好镶嵌在云朵里，似莲花的花蕊，吉祥而超脱……

我藏匿于水中，融化在西拉木伦河的怀里。

真想这样无休无止无忧无虑无牵无挂地漂流下去，直到天荒地老。在漂流的途中，每一滴水都是起点；在漂流的路上，每一寸堤岸都可到达终点。

就这样顺流而下，不问去路，不问归途。水下有一只看不见的手，一路托举着我的躯体，然后，在汩汩的流水中，将我的心情和心灵一并清洗。

2006 年

重识钱江潮

今年秋天在杭州，有个名叫周舟的海宁人，撺掇我去盐官看潮。我说阴历八月十八，早已过了半月，钱塘江的潮水还有什么看头呢？他说你错了错了，实际上，天下的人都搞错了。一年 365 天，哪里只有一天大潮好看呢？月亮一天绕地球一圈，走过太平洋再走大西洋，一吸一吐，潮水一天涨落两次；月有阴晴圆缺，月初和月中的吸力最强，头尾持续各五天，每个月杭州湾至少有十天大潮，生命不息，观潮不止呵。

我说八月十八观潮日，恨不得全中国人都晓得，到底是谁弄错了呢？

周舟说：苏东坡是始作俑者。他写了那句诗："八月十八潮，壮观天下无"，想必当年他碰巧是那一天去的，从此误导后人，都以为海宁大潮只此一日壮观。我曾去法院起诉苏东坡损害钱江潮的声誉，法院不受理。普通人想当然，说什么这一天月球离地球最近，勿晓得地理位置的特殊规律。再加上广东人凑热闹，借了八月十八这个日子想"发一发"。你看，错都错到一道去了。我只好逢人就拨乱反正，口水都快变潮水了。

想想每逢"发一发"那日，盐官镇上人山人海，比钱江潮还要壮观。我携八旬老父同行，只能在这种被游客冷落的平常日子乘虚而入。

盐官镇是海宁县城，位于杭州湾喇叭口北岸，人们只知其为著名的观潮胜地，不知海宁曾是海上丝绸之路的起点之一，更是名人辈出、文化底蕴丰厚的古城。城内有一座"陈阁老故居"，素有"一门三阁老，六部五尚书"之说。（陈家世代旺族，清朝出过三位宰相，五位尚书）乾隆七下江南，民间传说因其身世同陈家有关。气势宏伟的"海王庙"以及正在修复中的"安国寺"，都值得参拜。等到把镇上的古迹一一看过，时近中午，潮水也就快到了。

"今天的潮水几点来呢？"周舟一路问过去，好像在打听火车到站的时刻。有人大声回答说，比昨天早半个钟点，快了快了。于是中午时分的盐官镇，骤然有了一种紧张气氛。镇上的游客和行人的步子明显地匆促起来，往江堤上奔去。镇上所有的饭馆茶馆，墙上都有当日潮水到达的时间预报，观潮的人就好比等火车，盼啊盼啊，眼见车头终于进站了，从你身边轰隆隆驶过；若是晚一步赶到，火车就开走了。所以观潮如看日出，一刻不能迟到的。

大潮出现的时候，远远一条闪亮的白线，在江的下游缓缓向上游平移，像是一根测量地平线的银尺。猜想钱塘江水原本顺流而下奔涌入海，一江清泉进了东海，搅出些咸味，心生悔意，像是嫁出去的女儿，在婆家待得烦闷厌气，夜夜思念自己的出生地，每日总要挤进杭州湾口的喇叭筒里，回头来探访母亲。江河本是大海之母，东海原是西湖之父，彼此你中有我、我中有你，互为因果。都说一江春水向东流，那海水与江水的混血儿，却生出些叛逆的性情，偏要一日两次折返西行。因是逆流而上，江道渐窄，水和水就一滴滴纠缠、一层层叠加，如同在安徽黄山重新发源一次，满怀再生倒走的狂热。银线渐近，传来隆隆的吼声，豪情万丈；望得见潮头上你追我赶的浪花，溅起白色的水雾，如同一排并肩行进的火车头，齐齐喷着蒸汽，步步逼来。更近，忽而变成了一大群白色的野马，从左岸到右岸，密集得没有一丝缝隙，脚踏洁白的雪地雪原，义无反顾地朝着上游奔腾。马鬃在风雪中飞舞，似一群来自海上的白马王子……此时脚下的江面却是出奇地安宁，柔情万种地静静守候，只等那威武健硕的壮汉投怀入抱的那一刻，以大海覆盖了江河的身体，江海相遇的激情，掀起翻江倒海的排浪。它们拥抱热吻之时，雾凇雪涛银妆素袍壮美华丽，一瞬间从你脚下哗然而过，只顾往前奔去，身后扬起黑烟黄尘，一片污泥浊浪泥沙俱下。

原来，这日日溯水而上的钱江潮，奔腾的动力不在海中，而是来自高远的天穹。月亮才是操纵着它命运的神灵，是可望而不可即的天上恋人。

潮头跃过，再看岸边脚下的围堰，一块块巨大的花岗条石，竖着插入堤岸，一层砌一层呈阶梯状，铜墙铁壁般坚固，好似一道隐入水中的百里长城。历史上，塘堤一次次修筑一次次被潮水冲垮，海水倒灌为患一方，统领修塘的官员无颜见父老乡亲，曾有人自愿投水殉职。在一代代海宁人的血肉之躯上，鱼鳞石塘终于清代雍正、乾隆年间建成，从此将万钧之力的钱江潮锁于江中。这石塘有多厚重坚固，就知大潮的力量有多威猛。

周舟急急挥手喊撤。登上一辆四边敞篷的人力车，带领我们去"动态观潮"。出了盐官的观潮亭不远，十余里江堤通达顺畅。车子很快追上了刚刚经过盐官的潮头，赶到了潮头之前，追潮人与潮水并行，保持同一速度，或前或后，亦步亦趋。江风吹来，撒开细碎的水珠，身上头发上都是潮水的湿气；左侧是起伏的江面，身子像被潮水整个托举起来；海水急剧地向前推进，一丈一丈地吞没了江水，如一艘所向无敌的巨轮，在水上冲锋陷阵。家父年轻时曾多次观潮，可谓阅潮无数，却从未如今天这般与潮头亲密贴近，侧望老父，一副如痴如醉的神态。那一米多高的水墙，横着移动推进，起起伏伏，潮过之后，在江面上留下一个又一个巨大的漩涡。周舟在隆隆潮声中大喊：潮水其实就是有规律的小规模海啸。我说海啸可供观赏，也算化灾为奇。既然大江把大海当作出口，大海又何不能以江作为入口呢？这一场海水企图置换江水的搏斗，日复一日不知疲倦，直至六和塔下，气数用尽才见胜负。然而，那潮水本是天地精怪，而如今的观潮人，却用柴油四轮来赶超潮水，让游客错生出弄潮儿的豪情与幻觉，似有忤逆自然之嫌。低头想想，不由暗自慨叹。

原来，钱江潮万年来去，竟是由海水的压力所迫。那压力不在海中，而是来自堤岸。滩涂围困，堤岸渐高，东海是否日感压抑？然而海水一日两次溯水而上的挑衅，终究败于奔流直下的江河之水，尽管如此徒劳无望，大海却仍是乐此不疲。

江边出现一道长长的堤坝，横卧于前。大潮竟是浑然不觉，直扑过去。潮头似乎积蓄了整个太平洋的巨大能量，浩浩荡荡长驱直入，却突然被一座大堤正面拦住，犹如中途横生枝节的抵抗。大潮愤怒地咆哮起来，鼓足满腹悲情，迎面冲撞过去。大堤坦然迎候，狂奔的潮头被堤坝猛然掀翻，刹那间生出了强烈的反作用力，弹起几十米高的黑浪，惊回首，真正是"道高一尺，魔高一丈"的情势。高耸的水柱似巨人在空中转身，甩开一头浪花飞溅的乱发，弹跳、旋转、反扑——这就是钱江潮著名的"回头潮"。它在三百米外的大堤一角上落地时，几百吨重的江水在瞬间如同炸弹一般爆裂，仅仅是浪尖的压力，即可将人体的骨头和内脏拍扁压碎。每年每年，都有轻视了低估了大潮力量的观潮人，被潮头卷走魂归东海。忽然想起千年前的钱王，曾用万支弓箭射潮企图退之，用牛羊美女作贡品投入水中，无功而返后钱王终于懂得：潮可顺应不可逆之，潮可疏导不可拦阻。唯有以疏通江道、筑堤防范并用才是治水良策。情同此理——历史上，各种人为的陆地之"潮"多有发生，究竟是拦截镇压隐瞒还是因势利导？钱江潮可为训导可为警戒。

原来，这回头潮如此勇猛，如此壮美，恰恰是因为堤坝拦截的阻力迫成。阻力是能量的发生器，阻力激发能量并使能量得以爆发——身旁的老父亦很赞许。

怒潮汹涌，重整旗鼓继续向上游昂首挺进。追潮的长堤已到尽头，人称"潮痴"的周舟却是意犹未尽。他说你现在相信每月阴历初一到初五，盐官同样是有大潮可看了吧？若再不信，我可以带你去见一老人，他几十年间受聘于钱江航运公司，每天日夜两次观察记录潮水的流量流速，他会用精确的数据证明，苏东坡的"八月十八"只是一句诗而已。我急摆手说不用不用，我信就是。周舟说你何时来看夜潮呢，白天是潮，夜里称汐，潮汐潮汐，一天两次日夜轮班，在我看来，汐比潮更要惊心动魄啊……

只能在周舟的描述中，想象夜潮的神秘和神奇：江滩无人，万籁俱寂，汐声自黑暗的远处传来，如泣如诉；潮声渐近，间或裹挟着石块的滚动，如雷似鼓。潮头到了眼前，顿觉一股宏大的气流扑来，要把人吸进水里去，脚下的堤岸在微微抖动，有如地震。如逢月夜，月光下翻腾的浪花溅起雪白的泡沫，天空和江水一片银白，如同大雪纷飞的旷野；若是空中放起焰火，堤上升起篝火，荧光火光在奔跑的潮头上跳跃，那就是世上绝妙的动感奇观了。

周舟又补充说：在中国，什么景色能够在半夜里出现呢？只有盐官的潮汐！

浙江多水，"浙江"的两个字都是水字边旁，全国独此一省。如果说西湖是静态的阴柔之美，那么钱塘江即动态的阳刚之美。我这西湖的女儿，半生重识钱江潮，恨晚。

2006 年

同一条江

——边地纪行之一

很多年里，它们始终在远方的天际流淌。偶尔，我似乎能听见奔腾喧哗的涛声，从江面上跃起。在我的想象中，两条江的碰撞与交汇，彼此都充满着吞噬对方的渴望，浪花与浪花的覆盖、水流与水流的较量；搏击或是占有，场面必定激越壮观。我怀着类似探险的好奇心，去往那个叫作同江的边境小城。再往北走，就要走到界江里去了。

然而，黑龙江中游水段，江面浩茫、水势平稳，辽阔的江面竟是如此平静。天上正下着雨，很大的雨，直直跌入江中，江上仍是波澜不兴。似一根根亚麻线在织布机上穿梭，织出黑黄相间的凹凸长卷。江面安静得就像一汪深潭，寂寥无语。天空正刮着风，很大的风，浪花一层层推过来，轻轻拍打江岸，犹如一群泅渡的东北虎，气势逼人，却是蹑足屏气，像是一场大战前夕，阵地悄无声息。

此刻，我站在大江边。这不是一条江，而是两条江。一个人不可能在同一条河中来回两次？但一个人同时站在两条江边，却是完全可能——比如，就在这里，这个叫作同江、混同江，或叫三江口的地方。站在岸边，可以清晰地看见江中沙洲一侧的河湾入口，一股巨大的江流，正在平缓地汇入松花江的航道。松花江温柔地避让，任由黑龙江水汹涌而入。这个惊天动地的合流大动作，完成得如此轻松友善，流畅优美。江面陡然涨溢，略显丰满，却依然安详如初。原野犹如胸襟博大的母亲，将它们一并揽入怀中。

黑龙江源自额尔古纳河，自西朝东南而来，已经走过了很远的路程（在江对岸，它被称作阿穆尔河）。松花江源自长白山，穿山越岭，一路由南流往东北方向。这两条南辕北辙的大江，将在沃野千里的三江平原尽头相会，开始另一段旅程。遥望黑龙江北岸，原野延绵无尽，地形地貌与南岸相仿，隐约可见隐于绿色中的村落屋顶与哨卡。很多年前，这条大江是内河而不是分界。目光落在江心的主航道，一种难以言说的耻感悄然袭来。

自同江而东，下游的江段，依然被称为黑龙江。那其实是两条江共同孕育的另一个流动生命体。松花江止于同江，结束了它全程的使命。同江是一个终点，也是一个新的起点。

改革开放 30 年，同江经历了从起步、高峰、徘徊、调整、回升——复苏、滑翔、加速、起飞等多个历史阶段。大江推波助澜，促同江人激流扬帆。奇思妙想在空中翱翔，同江人充满了巨型鲟鳇鱼一般的气势与劲头。20 年多来，同江市陆续开通了南下与北上的水路、公路、铁路三条黄金大通道。成为"同三"（三亚）公路的零公里起点，由此可辐射全国。铁路大桥建成后，一路向东进入俄国远东地区，一路向西接连西伯利亚大铁路，可通达欧洲腹地。

夏季的船舶客运、汽车轮渡；冬季冰上汽车；流冰期的气垫船与浮箱固冰通道——滔滔大江从此不再是墙与堑，而是"强"与"箭"的象征。深水良港，舟车桥"三通"，同江全年全天候。

在同江的"三江口广场"中央，竖立着一座方锥形的标志塔，取同心同德、顽强拼搏之意。塔身由不锈钢曲线环，组成 TS 造型巨塑，象征南北大动脉的贯通。广场东侧建有一座赫哲族博物馆，陈列着抢救保护下来的赫哲族文化实物。馆藏文物 1500 余件，三层大厅，可饱览赫哲人历史沿革的文物用具图片文字。如今同江每年都举办一次名为"乌日贡"的赫哲族文化节（意为快乐的节日）。走进市内专为对俄贸易而建，宽敞明亮的"同鑫市场"，可见行色匆匆喜气洋洋的俄国人，大包小包满载而归；同鑫市场集购物、餐饮、住宿、娱乐休闲一条龙服务，几年来已接待俄罗斯客商 10 万多人次。那座硬件设备先进、具有多种功能的现代体育馆，是同江人的骄傲，馆内正在布展，几天后，一个规模巨大的招商引资活动将在这里举行。同江海关大楼的江岸巍然屹立，中俄往返人流济济。距市区东北 38 公里处的哈鱼岛西北端，东港作业区货运繁忙。西港扩建工程即将建成两个千吨级木材泊位，货物年吞吐量将达到 200 万吨……

同江不负众望。同江成功地担负起了两岸人"同饮一江水"的历史托付。

在江畔，我意外邂逅了留在同江市工商联工作的杭州老知青，以及专程从杭州前来探望"第二故乡"的老知青们。还有一位上海老知青，曾是同江中学的优秀教师，后担任同江中学校长，为同江的教育事业奉献了毕生精力。太多感人的故事，我已无法记述，但是，同江，会记住他们。

风雨骤停，天光渐亮。瞬息之间，水流在脚边奔袭而过。我面对的依然是黑龙江，而我掬起的那一捧水，已不是方才的水珠了。一代又一代人的泪水与汗水，百年郁结的屈辱，都已随着大江远去。留下来的，是一座正在崛起的港口新城。

眼前，两条江紧紧依偎，一左一右、一南一北，默默流淌。在很长的一段河道中，它们仍然是两条江，黑水澄褐、松水深黄，一黑一黄，一清一浊，各得其所。那个被用滥了"泾渭分明"的成语，在北地边境展现出更为浓烈的异相。它们显然还不太习惯对方，故而不肯轻易屈就，坚守着各自的品性，始终保持着并行不悖的姿态，直至向东并流达40公里之远。只见江中央的黑黄两色水线逐渐模糊，江面水色变清变深，水流渐渐合二而一，终至浑然一体。两条江在水下悄悄握手言欢，相拥相融柔情万千。松花江注入了黑龙江，从此你中有我、我中有你。一条江消失了，变身为另一条江。

但我知道，黑龙江将继续往东奔流，至抚远境内，在那里，它与妩媚的蓝色乌苏里江交汇，完成上天赋予它的三江合流之壮举。这条行不改道、流不更名的黑龙江，携带着华夏土壤中浸透的文化精华，纳三江之水，集三江之气，浩浩荡荡进入它的下游河段。在抚远，它将会离开我们的视线，猛然折身向北，与鞑靼海峡毗肩而行，然后去往鄂霍次克海域。三江同心，同一条江，最后一并汇入浩瀚的太平洋，不再回头。

它们，最终都属于大海。

2008 年

洛舍漾

洛舍，杭嘉湖平原一个水乡小镇。

洛舍是个喜乐的名字，北宋宣和年间，此地曾有"乐舍"之称，意即江南富庶宜居之地，也有说指南迁至此的洛阳人集居地，至近代终定名"洛舍"。小镇位于湖州市德清县境内，距著名的莫干山尚有27公里、距新市古镇也有30公里左右，因而另成一隅自得其乐。小镇很小，一条街就走完了；小镇很老，史考早在新石器时代此地便有古村落聚居。小镇史上农桑稻米渔业丰衣足食，安逸闲静与世无争。但洛舍的与众不同，在于镇北有一个"大漾"，其水面浩阔，水波淼淼。我小时候站在大通桥头瞭望"洛舍漾"，觉得它像大海一样，坦坦荡荡望不到边际。那边——大人指着漾的远处说：岸北边就到邻县吴兴了。

"漾"——水流长、水摇动貌。《辞海》"漾"字解：泛、荡之意。漾水，古水名。漾漾，水波动荡。那首著名的苏联歌曲《山楂树》歌词：歌声轻轻荡漾在黄昏水面上……

由此可知洛舍漾湖面宽泛、流水灵动。这个"漾"字用在这里，一字尽得风流。漾以洛舍得名,洛舍以漾为荣。洛舍漾水域条件优越,清康熙《德清县志》载:"鱼菱之利匪鲜"。据《德清水利志》记载,洛舍漾面积 2000 多亩,南起洛舍镇,北迄湖州市东林乡,北过湖州而入太湖。东苕溪从德清穿境而过,洛舍漾为东苕溪水系形成的湖泊,而东苕溪来自东天目山。古往今来,水就这么来去自由地荡漾着。饱满充盈的漾水,经过镇东的大通桥,与小镇的河港连成一体。在我幼年的记忆里,一条条河港穿镇而过,房屋被四通八岔的河湾环绕,家家的后门头都有涤衣洗菜的河埠。石阶下的水中立着系船的木桩,小河埠停小船,大河埠停大船,大大小小的河埠,就像小镇的门槛,船是小镇人的鞋子,上船出门,每一条河港都通往洛舍漾也通向大运河,我的妈妈就这样从运河跑到外面世界去了。

曾经的洛舍小镇,是温暖的外婆家。外婆离世很多年,小镇依然是外婆家。我离开小镇半个多世纪了,小镇依然是永远的外婆家。半个多世纪之前,从杭州去洛舍,坐摇橹的木船在大运河走一夜;后来是时长五小时的小火轮;再后来,通了汽车;再后来,是高速公路。河港一年年少下去,楼房一年年多起来。上个世纪六十年代起,小镇填河铺路填河建房,水乡成了平地,失去河流的小镇,就像饥渴多病的躯体,有了衰颓之相。每次回去探望它,心里都有隐隐的痛。

幸好还有一座碧水盈盈的洛舍漾,安静地守护着小镇。湿润的水汽从湖上飘过来又散开去,犹如甘霖洒在小镇的上空。幸好洛舍是洛舍漾的小镇,洛舍漾用它丰沛的水滋润着、养护着小镇,于是,很多年后的一个春天,小镇苏醒过来。

我有几年没来外婆家了呢?变化恰恰就是在这几年里发生的。当我再次踏上洛舍镇的大通桥,我见到的是一座秀雅的小镇,临河一长排高大密集葱翠的香樟树和整洁的石板路,拉开了水乡情韵的序幕:白墙黛瓦的古镇老屋,保留了老镇的房屋风格,白墙上搭建着精致的黑瓦雨檐，是老房子的格调。房檐屋檩都是老款，细格子木门木窗，一线光亮从遥远的时光里透过来。宽敞的木栈道立在水中，沿着外河的岸边延伸，像我小时候见过的石板"塘堤"，凌空架在河里。一个湾又一个湾，从西墩到弄里，把整个洛舍镇的河湾和水墩环成了一个整体。江南多雨，木栈道上设有古色古香的木质长廊，还有供人休息的靠背长椅，让人想起早年洛舍小镇"南海"的廊棚。河埠头是必须有的，设计成了一条带篷顶的方头船形状，有妇人蹲在水边洗涤，河水一圈一圈荡漾开去。从洛舍漾来又到洛舍漾去的河水，清粼粼慢悠悠，像水乡人悠闲散淡的性格，更像一幅幅烟雨朦胧的水墨画。对岸的土墩也是从前的样子，从葱茏的树林竹园里，隐约露出房屋的一角，树下的河埠拴着一条条小木船，随时可解缆出门。在这幅图画中，河埠与船是不可缺少的，它们代表着水乡活着的生命，以及一种未被侵犯或改变的生活方式。有老家的亲戚笑吟吟从屋子里走出来，亲热地和我拉着手说话，可知这老房子不是用来参观，而是有人住的。再往前走，脚步停下了，一幢砖房门楣上写着"洛舍站"三个字。认出这是哪里了吗？当年你从杭州来，就是在这里下船的。哦，是轮船码头！码头依稀还有旧日的影子，一级级通往河里的石台阶，或许留着我幼年的脚印儿。尽管不再有轮船往来，小镇却保留了这个码头。我看见了多年前的洛舍站，从大运河来的客轮渐渐靠岸，雾气中隐隐可辨出码头上那个等候我们的熟悉身影，河上的风，掀起外婆带襻扣的衣襟……

我惊讶我欢喜。洛舍不再是原来那个洛舍，却更具水乡小镇的情致了。这是洛舍人多年来"精心策划"的老镇改造行动，既不伤筋动骨更非大拆大建，只是依着洛舍河湾的走向顺势而为，将多年的老河道进行疏通，让流水更通畅；路跟着河走，道路所经之处，临河的老房子都露出了外墙，再略加休整装饰，凸显出杭嘉湖农家的建筑元素。等于在洛舍老镇的外围，以河为界，以水为媒，置换出一个生活与休闲多用、民众可共享的湿地公园。这个新洛舍综合治理的设计方案，具有相当的审美品位，规划方案出自年轻的镇领导班子的集体智慧。中国美术学院的一个设计团队，提供了与之默契的图纸。既然过去的老镇已回不去了，能尽可能多留住一些水乡的风采和神韵，是今人责无旁贷的使命。

我的目光被栈道拐角上一个木制垃圾箱所吸引。这个垃圾箱的与众不同之处，在于它的箱檐上有一排黑白两色的琴键。确实是琴键，钢琴的琴键。它被巧妙地绘制于垃圾箱上，提醒或炫耀着钢琴制作与洛舍小镇的关系。这或许是一个略带传奇色彩的故事，平凡的小镇并不甘于平庸，闲适的小镇人也能创造奇迹。上个世纪八十年代中期，小镇开始生产一种钢琴，初名"伯牙"，是专门从上海钢琴厂聘请来退休的老师傅，常驻洛舍精心研制打造出来的牌子。钢琴音质不错，价格适中，很受学琴的家庭欢迎，知音和声者众。前几年网上流传一个小段子，说去洛舍购琴，在展销大厅遇一大妈，给他们讲解洛舍钢琴的种种优点，并随手给他们弹了一段钢琴曲，手法流畅娴熟。大家以为她是钢琴厂的导购员，最后发现她竟是钢琴厂的清洁工，可见洛舍钢琴的普及程度。30 年过去，洛舍钢琴顽强地繁衍发展，如今多家民营企业并存，年产钢琴达 5 万台，演绎出"农民"造钢琴的传奇。优雅的琴声打破了小镇上空的宁静，琴声如流水、流水如琴声，钢琴与古镇、音乐与洛舍就此结缘。

短短几年，小镇的变化令人吃惊。当年我插队的陆家湾村，环村皆水港，从镇上走水路，小船穿过洛舍漾，得大半个小时，或步行穿过砂村和张家湾，也得近一个钟点。而今陆家湾与张家湾已合并张陆湾村，从镇上开车过去只几分钟。陆家湾的大樟树依旧繁茂，村中心那个终年水量丰盈的大水塘，用条石砌垒加固，周围配有石凳长椅，成为村民的休闲场所。当年木条凳的俱乐部，改建成了舒适的文化会堂，旁边还有一个小型村史馆。村里的小河小桥都在，想起我和两个同班女生在河里学习划船，那条木船歪歪斜斜地一次次撞击着两边的河岸，却怎么也划不进洛舍漾。

是的，那一年我 19 岁，正是"诗和远方"的年龄，小村子已容不下我的理想。我至今清楚地记得，那个月夜，我辗转坐上长途汽车回到杭州，报名去北大荒。然后又返回陆家湾村，收拾完行李后，叫了一条小木船，把自己的私人物品运去洛舍码头。我几乎像逃离一般告别了陆家湾，当时外婆正在杭州，我却没忘记把生产队分给我的那只竹榻送去了外婆家。小船穿过苍茫迷蒙的洛舍漾，看不见前方的岸在哪里。灰色的水波一浪一浪地拍打船舷，刷的一声，船底擦过了湖上的鱼寮，金色的鳜鱼从水面上跃起。那一刻我听见了洛舍漾的心跳，如同我青春慌乱的激情。洛舍漾终究没有留住我，但我在离开后的很多年中，洛舍漾却像一幅模糊而又清晰的黑白照片，从未被记忆覆盖。

半个世纪之后的这个春天，我们去一个叫作"洛漾半岛"的地方吃鱼。洛漾半岛据说原是洛舍漾南端的一座风水墩，经过规划整治，变成了一座绿草茵茵鲜花烂漫的水上公园。

迎接我的是一条古色古香的木结构画舫，不是当年的小船，而是一条气度轩昂、可观景亦可用餐的大船。它泊于洛舍漾岸边，静候八方来客。人在其中，几乎感觉不到洛舍漾水浪的晃动。从窗口望出去，洛舍漾辽阔的湖面依旧烟雨朦胧，是我多年前熟悉的水景。漾水平静而淡定，冷眼察看着世事沧桑，波澜不兴处变不惊。很久以前的日子渐渐从水的深处浮上来，那时候，老镇的小街商铺盈客，临河有一长排茶馆面馆，房屋都站在水里，底下用一根根圆柱撑起来，像一只只长脚鹭鸶。从河上摇来小船，叫卖青菜鲜鱼，从窗口把竹篮放下去，提上来就是，再把钱币放在竹篮里放下去付账。小镇往昔的日常风景，那些安逸的旧时光已不复再现。那一刻，我领悟了洛舍漾的温情与柔韧。它拥有宽大包容的胸怀，咽下了也盛下了历史的所有苦难。

如今的洛舍漾一如既往地荡漾着，慷慨地用它所有的气力，把一条条大船托举在湖面上。洛舍漾有自己应循的水道，它终究要经太湖入黄浦江而汇东海。

2018 年